Dietrich Schwanitz • Kai-Michael Sprenger (Hrsg.)

zugetextet

Dietrich Schwanitz
Kai-Michael Sprenger (Hrsg.)

ZUGETEXTET

Ein Schreibprojekt

Ravensburger Buchverlag

Originalausgabe der Anthologie
als Ravensburger Taschenbuch
Band 58227
erschienen 2005

Umschlaggestaltung: Dirk Lieb

Redaktion: Petra Deistler-Kaufmann

Printed in Germany

1 2 3 4 5 09 08 07 06 05

ISBN 3-473-58227-1

www.ravensburger.de

Inhalt

Grußwort

Einschlägige Studien der vergangenen Jahre konfrontieren uns immer wieder mit der Behauptung, mit der Literaturkenntnis, der Lesefähigkeit und -freude oder gar der Motivation der Jugendlichen, selbst zur Feder zu greifen, stehe es nicht gerade zum Besten. Über den Wert und die tatsächliche Aussagekraft derartiger Bildungsstatistiken ließe sich sicher trefflich streiten, und man muss auch nicht unbedingt das Phänomen »Harry Potter« bemühen, um die These »Die Jugendlichen lesen nicht mehr« Lügen zu strafen. Bisweilen fehlt es vielleicht nur am richtigen Stoff oder aber schlicht an der passenden Gelegenheit und der richtigen Motivation.

Die Idee, junge Menschen schreibend aus ihrer vermeintlichen Reserve gegenüber der Literatur zu locken, stand im Mittelpunkt eines Jugendliteraturprojekts, das unter dem sprechenden, der Jugendsprache entlehnten Titel »zugetextet« den Schülerinnen und Schülern im Landkreis Ravensburg ein Forum bot, selbst Texte zu verfassen und zu präsentieren. Bereits im Frühjahr 2003 wurde unter der Schirmherrschaft von Professor Dr. Dietrich Schwanitz ein Kurzgeschichtenwettbewerb zum Thema »Augen-Blicke« vom Kultur- und Archivamt des Landkreises Ravensburg in Zusammenarbeit mit dem Gesamtelternbeirat der Ravensburger Schulen ausgeschrieben. Rund 40 Schülerinnen und Schüler im Alter zwischen 15 und 20 Jahren – die meisten davon übrigens junge Autorinnen – sandten ihre Texte zur Bewertung durch eine siebenköpfige Jury bestehend aus Kultur- und Literaturwissenschaftlern, Schriftstellern und Journalisten sowie einer Schülerin ein. Statt eines schnöden Geldpreises bestand der Anreiz zur Teilnahme an einer einwöchigen Schreibklausur auf Schloss Achberg, einem in idyllischer, wildromantischer Landschaft gelegenen ehemaligen barocken Deutschordensschloss.

Die konzentrierte Schreibklausur auf Schloss Achberg im September 2003 wurde zu einer spannenden literarischen Entdeckungsreise für alle Beteiligten und stellte einmal mehr unter Beweis, dass gerade außerschulische Aktivitäten nachhaltige und wesentliche Impulse für die Persönlichkeitsentwicklung und Kreativitätsförderung junger Menschen zu geben imstande sind. Die Begegnung der jungen Autorinnen und Autoren mit dem 1949 in Ungarn geborenen Schriftsteller Imre Török wirkte sich hier ebenfalls äußerst förderlich aus. Mit seinem großen didaktischen Geschick und seiner Begeisterungsfähigkeit gelang es ihm, seine literarische Erfahrung aus zahlreichen Veröffentlichungen (Märchen, poetische Prosa, Kurzgeschichten), Schreibwerkstätten und Aktivitäten für die Literatur (Vorsitzender des Schriftstellerverbandes Baden-Württemberg, Mitglied des Ungarischen Schriftstellerverbandes und des P.E.N.-Zentrums Deutschland) an die Teilnehmer der Schreibklausur weiterzugeben. Besonders erfreulich ist in diesem Zusammenhang, dass sich die Teilnehmerinnen und Teilnehmer ihre Begeisterung für das Schreiben auch über die Schreibklausur hinaus bewahrt haben und die auf Achberg empfangenen Impulse in einer ganzen Reihe weiterer eigener Texte einfließen ließen. Der vorliegende Band präsentiert neben den zehn prämierten Kurzgeschichten eine Auswahl an Texten aus dem Kontext dieses Jugendliteraturwettbewerbs.

Unser Dank als Herausgeber gilt all denen, die sich zu dieser Initiative zusammengefunden und mit großem Enthusiasmus und persönlichem Engagement dazu beigetragen haben, den Weg von der Auftaktveranstaltung im Mai 2003 bis zur Publikation der Texte zu ebnen und zu begleiten, allen voran den Vertretern des Gesamtelternbeirates der Ravensburger Schulen, für die hier stellvertretend Frau Angela Menning-Saiger genannt sei. Den Mitgliedern der Jury (Dr. Till Bastian, Dr. Petra Deistler-Kaufmann, Nina Poelchau, Lena Saiger, Imre Török, Joachim Umbach) danken wir für ihre kompetente und kritische Mitarbeit bei der Auswahl und Beurteilung der eingesandten Texte, Herrn Imre Török und Frau Nikola Becker für ihr Engagement und die Leitung der einwöchigen Schreibklausur auf Schloss Achberg, die gleichsam als das Herzstück des ganzen Projekts bezeichnet werden darf.

»zugetextet« wurde zu großen Teilen aus Sponsorengeldern finanziert, und es ist uns als Herausgebern ein besonderes Anliegen, an dieser Stelle allen Förderern dieses Literaturprojekts zu danken. Ohne die großzügige Unterstützung der Stiftung Ravensburger Verlag, der Kreissparkasse Ravensburg, der Stadt Ravensburg, der Schwäbischen Zeitung, der Niederlassung Ravensburg von Mercedes Benz, den Oberschwäbischen Elektrizitätswerken sowie der Buchhandlung Ravensbuch wäre die Idee von »zugetextet« wohl kaum in der nun auch als Publikation vorliegenden Form Wirklichkeit geworden.

»Wer schreibt, bleibt«, besagt das Sprichwort, und vielleicht bleiben ja nicht nur die Texte dieses Literaturwettbewerbs, sondern den Jungautorinnen und dem Jungautor auch die Lust und Kreativität am Schreiben, die sie in dem Wettbewerb unter Beweis gestellt und in der Schreibklausur mit ihren dort verfassten Texten auf so faszinierende Weise weiterentwickelt haben. Und vielleicht motivieren die hier dargebotenen Texte so manchen ihrer jugendlichen Leserinnen und Leser selbst zur Feder zu greifen. Dies wäre ohne Zweifel der schönste Impuls, der von »zugetextet« ausgehen könnte.

Ravensburg, im Dezember 2004

Dietrich Schwanitz *Kai-Michael Sprenger*

Sarah Redlich

Smaragdgrün

Meine Großmutter sagte immer, das Leben ist wie ein vierblättriges Kleeblatt. Entweder findest du nie eines, oder du zertrittst es vor lauter Unachtsamkeit mit deinen Füßen. Falls du aber doch mal eines finden solltest, ist es höchstwahrscheinlich nur das stümperhafte Werk eines untalentierten Betrügers.
Kim sagte immer, das Leben ist schön.

Im Nachhinein kann ich nicht mehr mit Sicherheit sagen, wo ich ihr zum ersten Mal begegnet bin. Sie kam über mich wie eine Naturkatastrophe. Plötzlich stand sie vor mir, plötzlich war sie mittendrin in dem, was ich mein Leben nenne. Mein Leben, das mit ihr begann und mit ihr endete. Sie wusste es, wusste die ganze Zeit, dass es so kommen würde, wie es kam. Und dennoch blieb sie, blieb bei mir – ich weiß nicht wie lange – ehe sie wieder verschwand.

»Wenn ich die Augen schließe, sehe ich vor mir ein Meer aus Farben. Es ist, als würde ich durch einen Ozean schwimmen, in den die Farben aller Regenbogen der Welt hineingeflossen sind. Ich gleite. Nichts ist schwer. Da bin nur ich – körperlos – und um mich herum ein Tanz. Das Licht draußen ist grau. Aber hinter meinen Augen, im Dunkeln … im Dunkeln ist helllichter Tag und nichts ist düster. Hier ist das Leben.«

Sie sagten mir, es läge an der Nadel. Sie sei unsauber gewesen, sagten sie mir. Ich verstand sie nicht. Wollte sie nicht verstehen. Unsauber? Was heißt das? Was hat das denn mit dir zu tun? Kim! Was reden die Leute?

Eigentlich hatte ich einfach nur Angst. Davor, dich zu verlieren. Natürlich. Kaum da, solltest du schon wieder weg? Das durfte nicht sein. Deshalb verschloss ich meine Ohren, machte meine Augen blind. Du wusstest, was ich dachte. Auf unerklärliche Art hast du meine Gedanken immer gekannt. Also hast du geschwiegen. Bis es zu spät war. Nur um mich nicht zu verletzen.

Ich habe dir das nie verziehen, weißt du?! Das ist nicht gerecht, ich begreife das und kann dir dennoch nicht verzeihen. Das Leben ist schön! Das sind deine Worte aus deinem Mund. Am liebsten würde ich schreien: Du hast dich selbst betrogen, hast dein eigenes Versprechen gebrochen! Dabei war jede einzelne dieser Spritzen dein Versprechen an dich selbst. Du hast es nicht gebrochen. Du hast es erfüllt!

Ich kenne den, der für deinen Tod verantwortlich ist. Er liegt neben dir, nur zwei Plätze entfernt. Er träumte immer von blutroten Seen, wusstest du das? Jetzt ist er dort, wo du bist und ich nicht sein kann. Der Gedanke daran macht mich krank. Aber er tröstet auch, denn ich weiß, du bist nicht allein. Letzten Endes war es deine Entscheidung. Was du getan hast, hast du selbst so gewollt. Er gab dir nur das nötige Werkzeug dazu. Alles andere war Schicksal, würdest du sagen und dabei lachen. Genau das macht das Leben erst richtig interessant.

Dass man nie weiß, was man bekommt. Oder OB man es bekommt, würde Großmutter hinzufügen. Nichts ist gewiss, außer, dass man nie das findet, was man sucht. Natürlich hättest du ihr widersprochen. Vielleicht tust du das jetzt, wenn du ihr zufällig einmal in ihrem Himmel begegnest.

Nachts allein im Dunkeln vermisse ich dein leises Atmen. Und am Tag wünsche ich, ich könnte dein Haar in der Sonne funkeln sehen wie früher, wenn wir nebeneinander auf der Wiese lagen und in den blauen Himmel starrten. Dass du nie ganz bei mir warst, auch wenn ich dich ganz, ganz fest an mich drückte, wollte ich nie wahrhaben. Dein schöner Traum zog dich aus meinen Armen. Sie waren leer, obwohl ich glaubte, dich sicher in ihnen zu wissen.

Ich werfe eine weiße Rose zu dir hinunter. Weiß war immer deine Lieblingsfarbe. In ihr sind alle anderen Farben verborgen, sagtest du. Wahrscheinlich ist dein Himmel strahlend weiß. Oder ein Meer aus tausend Regenbogen, wie in deinen seltsamen, verworrenen Träumen, die dich immer weiter von mir entfernten. Du wusstest, dass dein Ende besiegelt war. Bereitwillig hast du deinen Tod aus seiner bleichen Hand entgegengenommen und hast dich nicht gekümmert um die schwarzen Ringe unter seinen Augen und die dunklen Flecken auf seiner Haut. Dieser kurze Augenblick Realität wog nichts in deinen Augen und konnte deine Freude am Leben nicht trüben. Dabei war dieser Traum, der alles für dich bedeutete, so stümperhaft und falsch. Warum nur hast du DAS nie erkannt?

Ich werde nicht zu denen gehören, die Erde auf dein Gesicht werfen. Ich streue Rosen auf deinen Körper, dann drehe ich mich um und gehe.
Letzten Endes waren wir beide blind, du und ich. Manchmal träume ich von dir, aber dein Bild in meinem Kopf wird immer unklarer und verschwommener und auf den Fotografien über meinem Bett erkenne ich dich nicht mehr. Was bleibt, ist der Geruch einer grünen Wiese im Sommer und ein Meer von weißen Rosen auf deinem Grab.

Irgendwann werde ich wieder lachen können.
Das Leben ist schön, schreie ich in die Welt hinaus und vor meinen Augen ist der Himmel smaragdgrün.

Svenja Seibold

Echo eines Augen-Blicks

Farbe
Verbanntes Weiß in den Winkeln
Lustiges Schwarz aus der Mitte
Zielscheibe
Für Gedanken
Ahnung von Ernsthaftigkeit

– Blinzeln –

Ernst? Abgewischt
Gelöscht von den Lidern
Was ist da?
Seziermesserscharfer Blick pellt das Auge –
Bis es tränt
Denkst du, was ich denke, dass du denkst?

Spiegelaugen – Augenspiegel
Werfen den Blick zurück
Verzögert
Gesplittert –

Tatjana Schmidt

Der Betrachter

Wenn Jim im Park saß, war er glücklich. Am glücklichsten war er, wenn die Sonne leicht schien, nicht zu heiß, sodass sie seine geschundenen Glieder, seine halben Beine, die an ihrem unförmigen Ende mit dem Rest der viel zu langen Hosenbeine umwickelt waren, seine halben Arme, deren Stummel am T-Shirt-Ende herauslugten und hin und wieder ein paar befremdete Blicke auf sich zogen, sodass sie das alles so zärtlich und sanft streichelte, als hätte er den Körper eines griechischen Gottes und nicht den eines Krüppels.

Meist saß er im Schatten, unter einer der Linden, die schon so alt waren, dass er sich vorstellen konnte, wie vor hundert Jahren kleine Mädchen in Kitteln und Schürzen und kleine Jungs in Spielanzügen ihre breiten, ausladenden Äste zum Klettern benutzt hatten.

Er dachte sich gerne Geschichten aus zu Dingen, die er sah. Zu Situationen, die er miterlebte, aber meistens zu dem, was er im Park so alles beobachtete. Es waren lustige Dinge dabei, aber auch absolut lächerliche, traurige, tragikomische, zornige, verbitterte, die ganze Palette.

Alles. Jim musste immer lachen: die ganze Welt in einem Park, dem Park einer Großstadt zugegeben, aber sicher nicht dem Park der größten Stadt und sowieso, die Welt – ein Park. Man stelle sich das mal vor! Und doch war es so. Die Welt ein Park. Situationen, wie sie zu tausenden im selben Augenblick auf dieser Welt passierten, im selben Moment, derselben Sekunde, sah er hier, während er nichts weiter tat als sitzen und die Augen offen halten. Und natürlich – sehen. Es nützt einem nichts, wenn man nur die Augen offen hält – man muss damit sehen. Wenn man nur halbe Arme und Beine hat, begreift man vielleicht schneller, was sehen bedeutet. Vielleicht denkt man mehr darüber nach, was sehen heißt, wenn man nicht weiß, was gehen bedeutet oder schreiben, mit Besteck essen, Fußball spielen, rennen, in ein Kissen boxen oder Klavier spielen. Vielleicht nimmt man die Dinge mehr auseinander, betrachtet die Einzelteile, sieht an Dingen vorbei, die einem ohnehin verwehrt bleiben, entdeckt Schöneres, was tiefer sitzt.

Wenn Jim im Park saß, wurde er zum Philosophen. Er erdachte in wunderschönen, kunstvoll gebauten Sätzen Geschichten zu den Personen, die er am interessantesten fand. Seinen Personen. Sätze wie Luftschlösser. Und dann war er wieder wütend oder traurig und seine Sätze wurden kurz, abgehackt. Und sagten doch oft mehr aus als jedes Luftschlossgebilde. Manchmal dachte er, dass er, wenn er nach Hause kommt, seine Geschichten irgendwie festhalten, auf Band sprechen sollte. Und dann tat er's doch wieder nicht. Es ging ihm nicht darum, eventuell berühmt zu werden, einen Bestseller zu landen, kritisiert zu werden oder verschmäht. Er wollte ganz einfach ein wenig nachdenken, die Leute beobachten, die Interessanten herauspicken, schauen, was sie tun, was sie interessant macht, genau hinsehen, was sie schön macht, eine Geschichte für sie erfinden, sie ein bisschen formen, sodass sie ins Bild passten, ein wenig mit Wörtern jonglieren, das war alles. Es war ein Spiel und wie bei allem, was

Menschen spielen und tun, ging es ihm irgendwie auch darum, dem Ganzen ein wenig näher zu kommen.

Heute war kein besonders schöner Tag. Das hieß nicht, dass es regnete oder etwas in der Art. Es war nur, der Himmel war immer wieder mit schmutzig grauen Wolken bedeckt und wenn die Sonne dazwischen durchschien, dann entstand dabei so ein widerliches, abstoßendes Gelb, das irgendwie bedrohlich und unheimlich wirkte, und im nächsten Moment war es wieder hell und es war einfach ein Sommertag, ein Sommersonntag, freundlich und gewöhnlich.

Jim saß unterm Baum.

Eine Frau ging unten am See etwa zwanzig Meter von der Linde entfernt. Sie hatte glattes, dichtes Haar bis zum Kinn, nicht modisch, eher klassisch und trug ein graues Kostüm und eine schwarze Aktenmappe unterm Arm. Sie mochte eine Sekretärin sein, eine Angestellte irgendeines großen Konzerns, was auch immer. Nicht sehr interessant, nicht auffällig, es gab so viele wie sie. Doch was Jims Interesse geweckt hatte, waren ihre Schuhe, hellorange Ballerinas. Wieso hellorange Ballerinas? Ein modischer Fehlschlag? Wohl kaum. Die Schuhe waren zwar auffällig, passten aber ansonsten wunderbar zur Kleidung. Vielleicht ein kleines Stück Rebellion in einem mausgrauen Leben? Er schaute sich die Frau noch mal genauer an, sie ging aufrecht und zielstrebig, keineswegs eingeschüchtert, wie er zuerst gedacht hatte. Sie war ohne Zweifel selbstbewusst und auch wenn ihr Gesicht von dem dunkelblonden Haar verdeckt wurde, wusste er, dass es auf jeden Fall einen starken Charakter zeigen würde.

Vielleicht wollte sie ja einfach nur Aufmerksamkeit erlangen?

In diesem Fall hatte sie sich die richtigen Schuhe ausgesucht. Ohne diese Schuhe hätte er sie sich nicht genauer angesehen und so viele Dinge geschlussfolgert. Sie lief auf dem Weg etwas oberhalb des Weihers mit großen, eilenden Schritten und hatte nun dessen Ende erreicht. Jetzt war sie im Begriff, durch eine kleine Allee in Richtung Stadt zu gehen und aus seinem Blickwinkel zu verschwinden. Er wandte langsam den Kopf, um sie noch mal sehen zu können. Plötzlich hielt sie inne. Er spürte ihre Unsicherheit. Sie wurde langsam und langsamer, wie ein Zug, der in einen Bahnhof einfährt, war jetzt aber nicht mehr unsicher, sondern ruhig und gelassen. Sie spürte seinen Blick. Und tatsächlich wandte sie sich in seine Richtung. Er war nicht überrascht, als er die markanten und schönen Züge in ihrem Gesicht feststellte. Er war zufrieden. Sie schenkte ihm ein Lächeln und winkte. Er nickte und lachte kurz auf. Dann verschwand sie zwischen den Kastanienbäumen der Allee. Was für eine Frau! Er beschloss, dass sie verheiratet war und zwei Kinder hatte, eine Tagesmutter und ihr Leben voll im Griff. Er wusste, dass es wohl kaum möglich war, dass es so war, aber er wünschte es ihr.

Ein kleiner Windstoß fuhr durch die Linde. Jim fröstelte leicht. Die armen, alten Äste der Linde knarrten leise. Ein paar Blätter wurden losgerissen, eines segelte direkt in Jims Schoß. Hätte er Hände gehabt, hätte er es vermutlich ohne weiter darüber nachzudenken einfach weggestreift. So aber blieb es erst einmal ein paar Minuten auf seinem Schoß liegen, ohne dass er darauf aufmerksam wurde.

Weil Jim sich wohl schon seit er denken konnte als Beobachter gesehen hatte, als Betrachter und nicht als Handelnder, war es für ihn schwieriger als für andere Leute, seine Konzentration von seiner Umgebung weg wieder auf sich selbst zu lenken. Er hatte das Blatt wohl bemerkt oder er hatte zumindest gespürt, dass etwas in der Art auf ihn herabgefallen war, es war aber in diesem Moment nicht so wichtig wie das kleine Mädchen, das sein Eis auf wunderbar einfallsreiche Weise in seinen Mund beförderte, indem es die Spitze seiner Eistüte abgebissen hatte und nun das Eis durch die entstandene Öffnung saugte. Sie war niedlich, eine kleine Dame mit einem winzigen Dutt, der von einem riesigen Haarband gehalten wurde, mitten auf ihrem Kopf platziert war und in einem so lustigen Winkel abstand, dass er aussah wie eine Antenne.

Als ihre Mutter (es musste wohl ihre Mutter sein) ihre Hand nehmen wollte, schlug sie danach. Jim wusste nicht, was ihr nicht passte, doch als ihre Mutter erneut versuchte ihre Hand zu halten, stapfte sie zwei Schritte zurück und übersah dabei beinah, dass sie mit dem Rücken zum Teich stand. Es fehlten nur wenige Zentimeter und sie wäre hineingefallen.

Das musste ihr wohl auch gerade aufgefallen sein, denn ihr Gesicht verzog sich ganz langsam, ihr Mund wurde breiter und breiter, das Eis in ihrer Hand schien sie vergessen zu haben, sie hielt es ganz schräg in der Luft, so dass es langsam zu Boden tropfte.

Jetzt weinte sie. Die Mutter betrachtete sie kurz abschätzig, wie sie so dastand und ziemlich hilflos aussah, als wollte sie sagen: Siehst du! Das kommt davon! Was Mütter in solchen Situationen immer zu denken oder zu sagen scheinen.

Und plötzlich war das Eis in der Mülltonne, der verschmierte Mund mit einem mit Spucke befeuchteten Taschentuch lieblos, aber gründlich abgerubbelt und die Kleine mit strampeln-

den Beinen und zornverzerrtem Gesicht auf dem Arm ihrer Mutter, die ihre Tochter mit nicht weniger zornverzerrtem Gesicht davontrug.
Jim beobachtete fasziniert, wie sie wütend zappelte, wie sie um sich schlug, wie ihre kleinen Hände immer wieder auf die Schultern und die Haare ihrer Mutter patschten. Die Mutter konnte nichts dagegen tun, in der einen Hand trug sie zwei Einkaufstüten, auf dem anderen Arm hielt sie ihre Tochter. Aber sie ließ sie nicht los, sie lief immer weiter, ihre Beine stapften unbeirrt auf den Boden, während sich ihr Mund nicht bewegte. Die Kleine schien sich nicht zu beruhigen. Ihr Dutt lief Gefahr, sich unter ihren ruckartigen Bewegungen zu lösen. Über die Schulter ihrer Mutter hinweg blickte sie jetzt genau in Jims Richtung. Als Jim ihren Blick eingefangen hatte, schien sie einen Augenblick innezuhalten. Ihre Hände hörten kurz auf zu schlagen. Ihr verzerrter Mund löste sich für einen Moment. In ihren Augen stand ein fragendes Staunen. Das konnte sie nicht verstehen. Sie vergaß zu zappeln.
Das Letzte, was er von ihr sah, war ihr wippender Dutt, dann war sie hinter der Biegung verschwunden. Schade, er hätte das Gesicht der Mutter gerne noch einmal betrachtet.
Es war immer interessant, wie Eltern ihre Kinder behandelten. Wie sich die Kinder gaben, wie sich die Eltern gaben, wie sie reagierten, Grenzen setzten, Strafen androhten, liebten, Strafen austeilten, nicht wussten, wie ihnen geschah, überfordert waren, stolz, verletzt, besorgt, gleichgültig. Er sah, wie sich die Eltern bemühten, ihre Kinder zu formen, wie es ihnen bisher gelungen war, was sie von ihren Kindern verlangten, wie sie es ausführten, ob es besser wurde oder schlimmer. Seltsamerweise spürte er mit einem Mal, dass er gerne

ein Kind aufziehen würde. Dass er gerne ein Kind hätte. Er war seltsam gerührt, wenn er an einen so kleinen Menschen dachte, der noch ganz uneingeschränkt liebte und vertraute und hasste und verzieh, dessen Persönlichkeit man noch formen konnte wie Ton.

Er spürte, wie sich in ihm etwas regte bei dem Gedanken, einen solchen Tonklumpen zu formen wie ein Gefäß und so viel seines Wissens hineinzulegen wie nur möglich.

Er hatte vorher niemals einen solchen dummen Wunsch gehabt. Wieso also jetzt im Park, mit sechsundzwanzig, dem Park, in dem er schon seit fünfzehn Jahren beinahe jeden Tag ein paar Stunden verbrachte, der ihm Geschichten lieferte, Bilder, die er später zu Hause malte, mit dem Pinsel zwischen den Zähnen, aber niemals Träume oder Wünsche?

Woher kam also plötzlich dieser dämliche Einfall, der Wunsch nach einem Kind?

Sein Blick schweifte ab, er musste ihn aus der Ferne einholen wie ein Fischer seine Netze, bis er auf seinen Schenkeln ruhte, wo das Blatt noch immer lag.

Er betrachtete es kurz und sparte sich die üblichen Gedanken an Vergänglichkeit, die einem normalerweise in einem solchen Moment kamen (besonders ihm), er übersah, dass es sich bereits ein wenig rot färbte, er übersah auch, dass ihm ein Eckchen fehlte, er übersah alles, woraus er Metaphern hätte machen können, und sah nur ein hässliches, kaputtes Blatt.

Er wollte es wegstreifen, und für einen Augenblick glaubte er es auch zu können. Doch es ging natürlich nicht. Das Blatt blieb, wo es war. Ganz gleich, wie er auch mit den Hüften zuckte, es reichte nicht, um es auf den Boden zu befördern.

Beschissene Idee, wie sollte er sich denn um ein Kind kümmern können, wenn er noch nicht einmal das hier schaffte. Er hatte sich einen Wunsch erlaubt, einer reichte für heute. Er nahm sich vor, ihn zu vergessen.

Plötzlich hatte er keine Lust mehr, den Menschen bei ihrem munteren Treiben zuzusehen. Es war langweilig, es machte ihn wütend.

Wieder ein Windstoß. Das Blatt segelte ihm vor die Füße – Gott sei Dank!

Ein leises Seufzen. Er horchte auf. Es kam von schräg hinten, war ziemlich nahe. Komisch, dort war normalerweise nie jemand. Er drehte seinen Rollstuhl vorsichtig zur Seite und wandte seinen Kopf um. Konnte es wirklich sein, dass er sie nicht bemerkt hatte? Sie schien geschlafen zu haben, denn sie blinzelte ihn ein wenig verwirrt an. Unter ihr lag ein bunter Flickenteppich. Sie hatte kurzes, lockiges Haar, sanftrot, einen schmalen Mund und Augen, die aus ihren Höhlen ein wenig hervortraten, als hätten sie Angst, nicht genug mitzubekommen. Aber das störte nicht, es passte genau, es war kein schönes Gesicht im eigentlichen Sinn, obwohl er selten ein so schönes Gesicht gesehen hatte, es war reif, sie mochte um die fünfzig sein, und es blieb einem ganz bestimmt im Gedächtnis.

Es fiel ihm gar nicht auf, dass er sie so offensichtlich anstarrte. Sie lächelte, ohne ihre Zähne zu zeigen.

»Guten Morgen!« Sie war lustig. Er starrte noch immer. »… was ist?«

»Oh, nichts, nichts, Entschuldigung.«

»Okay, sagen Sie, können Sie mir vielleicht sagen, wie viel Uhr es ist?« Sie hielt inne, sah ihn an, nahm ihn jetzt erst richtig wahr, schaute, wie viel sie angerichtet hatte.

»Oh, mein Gott, verzeihen Sie mir vielmals, oh Gott, Verzeihung, ich war noch ganz verschlafen, ich habe nicht, ich dachte …«

»Oh, ach Sie meinen das, das ist nicht weiter schlimm, sehen sie, ich hab hier an meinem Rollstuhl eine Uhr, es ist halb vier, fünfzehn Uhr siebenunddreißig, wenn Sie's genau wissen wollen!«

»Verdammt, dann hab ich zwei Stunden geschlafen. Vielen Dank.«

Zwei Stunden und er hatte sie nicht einmal bemerkt.

»Haben Sie was verpasst, müssen Sie nach Hause zu ihren Kindern oder so …?«

»Wie bitte …? Oh, nein, nein, ist nur so ein schöner Tag, sollte man nicht vergeuden.«

Sie hatte die Wolken verschlafen, die Sonne schien wieder.

Sie schwiegen eine Weile, sie hatte sich aufgesetzt, es war kein bedrücktes Schweigen, sie schwiegen gemeinsam. Er musterte sie.

»Gehen Sie oft hierher in den Park?«, fragte sie nach einer kleinen Weile.

Was für eine Frage!

»Ziemlich oft, seit fünfzehn Jahren eigentlich fast jeden Tag, um ehrlich zu sein.«

»Fünfzehn Jahre!« Sie fragte nicht nach seinem Alter.

»Ich bin seit sieben Jahren beinahe jeden Samstag und Sonntag in diesem verfluchten Park und hab sie noch nie gesehen.«

»Er ist groß.«

»Ja, das ist er, eine kleine Welt!« Sie lächelte wieder. Er konnte nicht fassen, dass sie das sagte.

Iris Holweg

Arrivederci!

Sssssssst! Knall! Ihre Hand schlug auf den Bartisch. Er stand vor ihr. Beach-blonde, schulterlange Haare, strahlend blaue Augen, die eigentlich in Polizeigewahrsam gehörten, und ein Lächeln … Eine erotische Bräune überzog sein Gesicht.

Gekonnt warf sie ihre Lockenpracht über die Schulter und presste gleichzeitig ihre linke Hand fester auf den Tresen, an dem sie saß.

»Ciao, Bella!«, hauchte er ihr ins Ohr und setzte sich schwungvoll auf den nächstgelegenen Barhocker. Mit einem schmachtenden Blick raunte sie ein lang gezogenes »Hiiiiiiii« in seine Richtung. Nach einem kurzen Moment senkte er seine Augen und blieb hängen. Er schien sie förmlich mit seinen Blicken auszuziehen. Sein herbes männliches Parfüm stieg ihr in die Nase, als sie versuchte ihn mit Blicken zu fesseln. Nach einigem Augenklimpern ihrerseits war er bereit, sich wieder ihrem Gesicht zuzuwenden. »Ich bin Juan. Don Juan. Von den Männern gefürchtet … aber von den Frauen …!« Er schaute sie bedeutungsvoll an.

Wieder blieb er an ihrem üppigen Dekolletee hängen. Nur aus den Augenwinkeln sah er, wie sie ihre Hand vor Erregung anspannte. Mit einem verschwörerischen Zwinkern verriet sie ihm: »Juliette, die französische Julia …« Er rückte seinen Hocker näher. Sie zwang sich, sich nicht zurückzulehnen.

Schweigen. Seine Blicke wanderten voller Begierde unablässig ihren Körper hinunter. Sie verspürte nur noch den Wunsch normale Luft einzuatmen, ohne diesen aufdringlichen Parfümdunst.

Als sie sich aufrichtete und graziös vom Hocker heruntersstieg, griff seine Hand sanft an ihre rechte Schulter. »Zimmer 39«, flüsterte er.

Langsam glitt seine Hand ihren Arm hinunter, am Ellenbogen vorbei, über die Finger und stoppte an ihrem Po. Fordernd presste er sie fester darauf und sah ihr tief in die Augen. Weiß traten die Knöchel ihrer linken Hand hervor, die sie auf das dunkle Mahagoniholz des Tresens presste.

Ihre Hand schlich zu ihm, ballte sich kurzzeitig zu einer Faust und strich ihm zärtlich durch die Haare. Mit sanftem Druck schob sie seinen Kopf in ihre Richtung und hauchte ihm ein begehrliches »Ich-werde-kommen« ins Ohr.

Grazil drehte sie sich zur Seite und ging an ihm vorbei Richtung Hotelaufzug. Über die Schulter warf sie einen letzten Blick auf ihn und sah voller Genugtuung, wie er ihr sehnsuchtsvoll nachschaute. Eine schmierige, tote Fliege klebte an seinem Hinterkopf.

Schwarz im Blond.

Jammerlappen, dachte sie, als sie den Rest ihrer Bluttat von ihrer linken Hand an eine Serviette schmierte.

Sarah Redlich

Ein Stück Ewigkeit oder Von Engeln, Tigern und Pianisten

Ich habe einmal gehört, dass Sterbende im Augen-Blick ihres Todes ihr ganzes Leben vor ihren Augen vorüberziehen sehen. Wenn ich an mein Leben denke, müsste mein Sterben unendlich sein. Ich meine, obwohl ich nicht behaupten kann, mit meinem Alter Methusalem Konkurrenz machen zu können, könnte ich mit meinem Leben dennoch ein unglaublich dickes Buch füllen.

Um von vorneherein Missverständnissen vorzubeugen: Mit dem »Sterben« meine ich nicht das langsame Dahinsiechen, das Leiden, die Krankheit und die Schmerzen. Ich meine damit den Moment, in dem der Tod eintritt. Und dieser Moment ist bekanntlich äußerst kurz. Für uns nicht wahrnehmbar, übersteigt er unsere Vorstellungskraft. Man lebt und von einer abermillionstel Sekunde auf die andere existiert man nicht mehr.

Und doch reicht dieser noch so kurze Augen-Blick aus, um uns darin unser ganzes Leben erkennen zu lassen. Denn Tod bedeutet Erkenntnis.

Ich selbst kann nicht von mir behaupten, je gestorben zu sein. Aber ich denke, dass dieser Augen-Blick des Begreifens, dieses Gefühl, dass eine Sekunde sich bis in die Unendlichkeit dehnt, jeden von uns zu jeder Zeit treffen kann.

Es ist wie Sterben – mit dem Unterschied, dass wir dennoch weiterleben.

Die Gleise liegen nur wenig von mir entfernt auf dem Boden. Wenn ich meinen Arm danach ausstrecke, kann ich sie berühren. Schnurgerade kriechen sie zu beiden Seiten in die Dunkelheit davon. Wie eine Leiter in den Himmel, die umgekippt und auf die Erde gestürzt ist. Die Menschen glauben noch immer, sie könnten – wie damals beim Turmbau zu Babel – den Himmel erobern, um Gott die Hand zu schütteln. Er aber hat sie mitsamt der Leiter heruntergestoßen … vielleicht hat sich aber auch nur ein kleines Engelchen einen Spaß erlaubt und ihr einen Tritt versetzt. Auch Engel können gemein sein.

1 Uhr 27. Es ist dunkel und kalt. Ich bin allein.

Auf die Frage, warum ich nachts um 1 Uhr 27 allein an den Gleisen stehe, kann ich nicht antworten. Denn ich weiß es nicht.

Genauso wenig wie ich weiß, warum er plötzlich da ist und woher er kommt.

Seine Haare haben die Farbe von reifem Getreide im Sommer und seine Augen sind kornblumenblau. Sein Mund ist voll und sinnlich und er besitzt die schmalen Hände eines Pianisten.

Er kauert in der Schwärze der Nacht keinen Meter entfernt und seine Hände liegen auf der Schiene vor ihm. Ganz ruhig. Sie liegen einfach nur da, ohne sich zu bewegen.

Die Gleise sind die Tasten eines Klaviers und gleich wird er anfangen zu spielen. Irgendetwas Schönes … und Melancholisches.

Seine Haltung ist seltsam entspannt und doch scheint er jeden

Moment hochschnellen zu wollen – wie ein Tiger, der auf der Lauer liegt und dann zum Sprung ansetzt.
Aber nichts dergleichen geschieht.

Die unglaubliche Wahrheit ist, dass es stockdunkel ist; dass ich meine Hand kaum erkenne, wenn ich sie direkt vor mein Gesicht halte, und ich ihn dennoch sehe, als würde er in helles Sonnenlicht getaucht vor mir stehen.
Und die Wahrheit ist, dass eine Sekunde auf dieser Welt immer eine Sekunde bleiben wird, und der Blick seiner wunderschönen Augen nur einen Bruchteil davon dauert …
Und doch – die Ewigkeit kann nicht länger sein als diese noch so kurze Sekunde.

Er blickt mich mit seinen dunklen Augen an, und ich könnte schwören, dass er lächelt. Er tut es nicht, dass weiß ich jetzt. Ich lasse die Situation oft in Gedanken Revue passieren und er lächelt nie dabei … allerdings bin ich mir nicht sicher, ob die Erinnerung funktioniert wie eine Kamera, die Dinge aufzeichnet, um sie nachts im Schlaf und auch bei Tage wahrheitsgetreu wiederzugeben. Vielleicht trügt mich meine Erinnerung. Vielleicht lächelt er.

Ich selbst kann nichts anderes tun als dazustehen und ihn anzuschauen. Die Frage nach dem Woher und Warum kommt mir so absurd vor, dass ich sie gar nicht erst stelle. Es interessiert mich nicht, warum er plötzlich da ist, ob er etwas suchte, was er verlor, ob er durch die Nacht hetzte und über die Schiene stolperte und stürzte … was kümmert es mich? Er ist da und – so naiv es klingen mag – es genügt mir, ihn da zu wissen. Ich kenne ihn nicht, weiß nicht, warum ich ihn nicht kommen hörte, und möglicherweise ist das ebenso unwichtig wie alles andere. Muss man die Welt immer erst mit dem Skalpell bis auf die Knochen sezieren, um sie zu begreifen und zu akzeptieren?

Es reicht mir, seinen Blick auf mir zu spüren. Denn ich weiß, dass alles – so wie es ist – seine Richtigkeit hat. Dass es richtig ist, nachts um 1 Uhr 27 allein an den Gleisen zu stehen und ihm in die Augen zu sehen.

Für ein kleines Stück Ewigkeit bekommt das Wort »Schicksal« eine neue Bedeutung. Was, wenn es tatsächlich Vorhersehung ist, ihm hier und heute zu dieser unmöglichen Zeit an diesem unwirklichen Ort zu begegnen. Kann in einer Nacht voller Zufälle und unvorhersehbarer, unerklärlicher Entscheidungen nicht auch das Schicksal seine Hand im Spiel haben?

Ohne Gründe zu wissen oder wissen zu wollen, nehme ich ihn in diesem Moment als mein Schicksal an. Er ist mein Schicksal. So wie er in diesem Augen-Blick vor mir kauert und mich ansieht. Es ist, als …

Ich finde keine Worte für das, was ich sagen will. Niemand kann das Gefühl beschreiben, das ich empfinde. Es wäre falsch, es Liebe zu nennen. Das ist es nicht. Denn es ist nur die halbe Wahrheit. Es ist etwas … Berauschendes und Beängstigendes zugleich. Das Wissen, gefunden zu haben, was man suchte und das Begreifen, dass man es zu spät fand. Es ist der

Wunsch, die Zeit zum Stillstand zu bringen, weil man weiß, dass Schmerz alles ist, was man von ihr erwarten kann. Es ist Angst vor dem Verlust, Wut über die eigene Blindheit, Eupho-

rie wegen der Schönheit, die sich einem offenbart, und Sehnsucht danach, nie mehr aus diesem Augen-Blick aufzuwachen. Ein Traum, der dauert und dauert und sich dehnt, als hätte er kein Ende. Und frei von allen Gedanken, aufgewühlt von nie gekannten Gefühlen, ist man der Macht des Augen-Blicks wehrlos ausgesetzt.
Die Unfähigkeit des Menschen zu bewahren, was er am meisten liebt und schätzt, ist gleichzeitig auch seine Tragödie. Das nennt man dann wohl: Ironie des Schicksals. Das Erste, was der Mensch auf den Müll wirft, verleugnet, mit den Füßen tritt und seinen Händen entgleiten lässt, ist die Chance, glücklich zu sein.

Er hat mich mit seinen Augen gefangen und hält mich fest, ohne mich jemals wieder loslassen zu wollen. Ich sehe mein Spiegelbild in seinen Augen und begreife.
Ich begreife, dass alles, was passiert …

Ich höre den Zug nicht.
Das Einzige, was ich höre, ist ein leiser, dumpfer Schlag.
Und das Einzige, was ich fühle, ist ein Luftzug, der mir das Gesicht streichelt.
Und das Einzige, was ich sehe, ist die Leere …

Nichts ist einfacher, als sich Vorwürfe zu machen.
Ich liege auf dem Boden und um mich herum ist nichts als Stille.
Ich will schreien, aber ich weiß, dass ich dadurch nicht zurückholen kann, was ich so leichtsinnig verlor. Der Verlust von etwas, was man nie besaß, wiegt unendlich schwer. Vor

allem, wenn man weiß, dass es dem Leben eine Hand voll Sternenstaub in die Augen gestreut und es so verzaubert hätte. Es … lebenswerter gemacht, ihm eine Spur von Glück verliehen hätte … vorbei!

Nichts ist schmerzlicher als die Erfahrung, dass man das Geschehene nicht mehr rückgängig machen kann. Vergangenheit bleibt immer Vergangenheit.

Und ich schreie – trotz allem oder gerade deshalb. Und während ich schreie, hängt ein Vorhang aus Tränen vor meinen Augen und verschleiert meinen Blick …

Seine Augen scheinen mir größer und schöner als je zuvor. Er lächelt und er lächelt nicht. Er ist da. Und die Zeit hat keine Bedeutung mehr. Sie existiert nicht.

Einen Augen-Blick lang halten wir die Ewigkeit in unserer Hand. Wenn mein Verstand mir nicht wiederholt klar machen würde, dass unsere Unendlichkeit nicht länger dauert als ein Wimpernschlag … ich würde mich um Jahre, Jahrhunderte gealtert sehen, wenn ich in den Spiegel blickte. Meine Vernunft sagt mir, dass meine Fantasie mir einen Streich spielt, wenn ich glaube in seinen Augen dieselbe Erkenntnis zu lesen, die in meinen stehen muss. Das Begreifen, mit dem er mich als sein Schicksal annimmt.

Natürlich zweifle ich. Vielleicht sah ich meine Gefühle nur in seinen Augen gespiegelt, wie ich mich selbst in ihnen spiegelte.

Ich werde nie eine Antwort auf meine Fragen finden. Dazu ist es zu spät. Ich hatte meine Chance. Ich hatte mein ganzes Leben und noch länger Zeit, um sie zu nutzen. Ich habe es nicht getan. Und jetzt schreie ich.

Manche sehen im Moment ihres Todes ihr Leben wie in einem Film mit allen guten und schlechten Seiten.
Ich sehe in einem einzigen Blick aus seinen Augen das Glück, nach dem ich so lange vergeblich suchte, und meine Unfähigkeit, es anzunehmen. Um das zu erkennen, muss ich ein Stück Ewigkeit besitzen und es dann wieder verlieren.

Was ist die Zeit, wenn sie für den einen nur einen Wimpernschlag dauert und für den anderen nie mehr endet?
Ich fürchte, ich werde nicht alt genug, um die Zeit je zu begreifen. Einmal – ein einziges Mal – glaubte ich, es verstanden zu haben. Vermutlich weiß ich es tatsächlich, aber mein Schmerz ist zu groß, um mich von dem Gedanken trösten zu lassen, dass ich einem Moment nachtrauere, der tausendmal länger und schöner (und dem Glück näher) war, als mein Leben es je sein wird. Ich sollte froh sein, ihn erlebt zu haben. Vielleicht werde ich mich eines Tages wieder daran erinnern, sobald meine Tränen getrocknet sind. Und vielleicht … ja, vielleicht habe ich die Wahrheit längst niedergeschrieben, ohne sie als solche zu erkennen.
Es hilft zwar nicht, den Schmerz zu lindern, aber mag sein, dass es so etwas wie Hoffnung ist.

Von einem Zugunglück in jener Nacht wurde nie etwas gemeldet.

Freibadmittag

Es ist unheimlich laut hier. Unzählige Stimmen dröhnen in ihren Ohren.
Zu heiß ist die Sonne, die auf die Menschen herunterscheint und ihre weiße
Haut rot färbt. Zu grell ist das Licht, das in die Augen sticht.
Ein Kind läuft vorbei. Der heiße Boden muss ihm die kleinen Füße verbrennen.
Doch das ist unwichtig. Das Wasser spiegelt sich in seinen Augen.
Der Geruch von Chlor steigt auf. Wie ein Gespenst schwebt er unsichtbar
über den Liegewiesen und vermischt sich mit dem Wind, der den Geruch
von Sonnencreme und Schweiß mit sich trägt.
Sie möchte fort von hier.
Sie holt Luft, tief, und schließt die Augen. Langsam lässt sie sich ins Wasser
sinken und taucht ein in eine andere Welt.
Die Wasserdecke schließt sich über ihr, wie Hände, die einander greifen.
Fort ist der Lärm, ausgesperrt. Erbost pocht er von außen an, doch eintreten
darf er nicht. Gedämpft verhallen seine Schläge im leuchtenden Blau.

Sanft durchbrechen Sonnenstrahlen die Wasseroberfläche. Es scheint ihnen hier
zu gefallen. Verspielt tanzen sie auf ihrer Haut und werfen helle Muster auf den
Grund. Sie berührt ihn und beginnt zu schwimmen.

Wie schwebend wiegt sich ihr Haar mit jeder Bewegung. Sie atmet aus und
versucht, die glänzenden Bläschen aus Luft einzufangen, die an die Oberfläche steigen. Sie sind schnell, wie kleine Fische. Sie folgt ihnen.

Als sie aus dem Wasser steigt, streicht eine Brise frisch über ihre Haut.
Sonnenlicht flutet hell aus dem makellosen Blau des Himmels herab.
Sie lächelt und überhört den Lärm, der über ihr zusammenschlägt.

Victoria Macha

Urlaub für die Sinne

Mein Zelt steht mitten in der Wüste. Einsam hebt es sich dem Himmel entgegen. Es ist der höchste Punkt in einer Entfernung von einem halben Tagesmarsch. Die Zeltstangen halten das Tuch. Tagsüber ein Dach und nachts eine Decke. Die Einfachheit der Wüste. Mein Zuhause. Wie ich es liebe! Zachih, mein Kamel, befindet sich hier irgendwo in der Nähe. Ich sehe es nicht, aber es ist da. Wartet nur darauf, auf meinen Pfiff hin zu mir zurückzukommen. Manche Leute würden das Einsamkeit nennen. Das hat man mir wenigstens gesagt. Aber ich bin nicht allein. Wenn die Sonne untergeht und sich der Mond emporschwingt, wird das Leben rund um mich herum erwachen. Bis dahin bin auch ich nur eine weitere Erhebung in der Endlosigkeit aus Sand. Still und bewegungslos wie meine Umgebung. Die Stille wird lauter. Sand raschelt. Er bewegt sich. Noch kann man es kaum sehen. Wind kommt auf. Das ist seltsam. Nein, nicht seltsam, sondern wohltuend. Aber trotzdem eine Andeutung. Ein Sturm zieht auf. Schon treibt er den Sand vor sich her. Gelbe Schwaden stehen wie Schleier in der Luft. Sie versperren den Blick auf die Weite. Öde Wüste. Von kaum einem Menschen je gesehen, geschweige denn geliebt. *Metapher der Einsamkeit.* Der Sand reibt an meiner Haut, dringt mir unter die Kleidung. Ich spüre das Knirschen zwischen meinen Zähnen. Hören kann ich es nicht. Hier ist kein Platz für Geräusche. Nur ich und der Wind. Dass er da ist, merke ich an seinem Heulen und an den fliegenden Sandkörnern. *Aber bin ich da?* Ich spüre meine Umgebung, nehme sie in mich auf, sehe und höre sie. *Aber woher will ich wissen, dass das nicht alles nur Illusionen sind? Bin ich ich oder sind das Empfindungen eines anderen Menschen oder eines Buches, das ich vielleicht einmal gelesen habe?* Buch? Was ist das? Was rede ich da? Die Sandkörner reiben überall an mir. *Das ist unangenehm. Was täte ich jetzt für eine kalte Dusche.* Stopp! Was ist eine Dusche? Woher kommen diese Gedanken? Das bin nicht ich! Der Sand ist angenehm. Ja, das ist er. Das ist meine Heimat. Hier bin ich geboren, hier gehöre ich hin! *Das Rauschen des Windes erinnert mich an das Meer. Wie die Wellen gegen Steine schlagen und aus dem Sand Linien formen. So muss die Wüste von oben aussehen.* Blau. Alles vor meinem Auge war gerade blau! Wie eine blaue Wüste aus Dünen, die sich immerfort bewegen. Meer? Was ist das für ein Wort? Ich habe es noch nie gehört. Bin ich von bösen Geistern besessen? *Die Hitze hier ist ja kaum zum Aushalten. Und diese Öde. Wie kann man hier nur leben? Vor Einsamkeit wird man ja ganz verrückt …* Meine Heimat. *Wie komme ich eigentlich hierher? Was mache ich hier? Wie sehe ich nur aus? Ist das ein Traum? Es muss ein Traum sein! Das ist nicht die Realität. Was ich hier sehe, der Wind, der Sand, die Weite, das ist nicht normal. Wo bin ich hier? Ich will nach Hause.* Böser Geist! Verschwinde! Mein Herz gehört hierher. Ich bin ich und hier ist hier und hier ist gut! *Ich will hier weg! Sofort! Alles um mich herum verschwimmt plötzlich. Ich kann nicht mehr klar sehen. Mir … mir wird schwindlig. Was ist nur los?*

Was war das für ein Traum? Ich schwitze?! Ein Albtraum. Solch ein Land kann es nicht geben. Das ist unmöglich. Alles dort war gelb! Und es war heiß und in der Luft und auf dem Boden war so komisches Zeug! Der Himmel war blau und die Sonne brannte. Das muss die Hölle gewesen sein! Ganz sicher! Nirgends etwas Weißes. Nicht einmal Wolken! Was hab ich da nur geträumt? Zum Glück bin ich aufgewacht. Ich spüre meine Felle. Ich sehe das weiße Dach meines Iglus. Ich rieche das Feuer. »Ja, ich bin eindeutig wach! Ich bin daheim.« Ich höre meine Stimme. Gut! Draußen fliegt nichts Gelbes durch die Luft! Draußen liegt Schnee. Alles ist okay. Tief durchatmen. Ich rieche die Kälte. Wie gut das tut! Heute werde ich auf die Jagd gehen. Meine Familie verlässt sich auf mich. Deshalb bin ich hier draußen. Wir brauchen frisches Fleisch. Also vergiss den Traum. Auf zu neuen Taten!
Die Hunde bellen. Ich bin nicht allein. Sie springen an mir hoch. Ich hab euch auch lieb. Es ist Winter. Es ist dunkel. *Irgendwie unheimlich!* Heute wird es nicht ganz hell werden. Aber das ist schön. Das ist meine Heimat. Nicht diese gelbe Hitze. Vergiss den Traum! *Puh, ist es kalt. Die Kälte bohrt sich wie Eisen in meine Lungen.* Woher diese Gedanken? Heute ist es warm. Der Neuschnee von gestern ist nicht hart geworden. Die Nacht war mild. Ein guter Tag zum Jagen. Heute werde ich mit vielen Robben zurückkehren. Da wird sich Naija freuen. Viel Fleisch und weiche Felle für Handschuhe. Ich muss nur darauf achten, dass ich sie nicht zu sehr mit Blut verschmutze. Das geht so schlecht wieder raus. *Bei dem Gedanken wird mir übel.* Meine Familie hat Hunger. Wir brauchen das Fleisch. *Wie kann man so was nur essen?* Ich höre Stimmen. Sie sind in meinem Kopf. Was denke ich

da? Das bin nicht ich! Bestimmt hat das mit dem Traum zu tun. Eine gelbe Welt! Wie unheimlich … Ist es hier nicht schön? So weit man sieht nur Weiß! Schnee! Du Decke der Götter. Vom Himmel gegeben, damit unsere Schlitten schnell fahren und damit wir nicht hinab in die Hölle fallen. *In die Hölle fallen? Durch die Erdkruste hindurch? Decke der Götter? Wohl eher gefrorener Regen!* Es gibt keine Stimmen! Das sind nur Geister, die mich mit ihren Zauberformeln wie Erdkruste und Regen von der Arbeit abhalten wollen. Aber mit mir nicht! Ich werde gegen euch ankämpfen. Wind kommt auf. Sieht nach noch mehr Schnee aus. *Bitte nicht! Es ist schon so kalt hier!* Schöner, guter Schnee. Ich muss nur aufpassen, dass ich nicht in einen Sturm hineingerate. *Puh! Eine Heizung wäre jetzt nicht schlecht …* Heizung?! Eine neue Beschwörungsform der Geister. Sie legen mir Zauberworte in den Mund! Verschwindet! *Mir ist kalt. Und ich bin hier allein. Nein, bin ich nicht. Meine Hunde sind bei mir. Ich fühle mich einsam und … unwohl. Die Leere hier ist unheimlich.* Hier ist keine Leere! Was denke ich da? Hier ist meine Heimat. Hier gehöre ich hin. Hier kenne ich mich aus. Ich fühle mich hier wohl und geborgen. Jawohl! Ich werde jetzt zum Jagen gehen. Und ihr bösen Geister werdet mich nicht davon abhalten. Ich spanne jetzt meine Hunde ein und mache mich auf den Weg. Die Hunde kläffen mich an. Als wäre ich ein Fremder. *Hilfe! Das sind ja keine Hunde sondern Bestien!* Meine Freunde! Spürt ihr die Geister? Bin ich besessen? Mir wird schlecht! *Vielleicht bin ich krank! Ich friere! Ich habe Kopfweh!* Vielleicht war das Dörrfleisch von gestern nicht mehr gut. Dabei ist es doch vom letzten Sommer. *Vom letzten Sommer?! Mir ist schlecht! Und jetzt wird mir auch noch schwindlig. Alles dreht sich … die Sterne sind plötzlich unter mir!* Was geschieht hier …

»Hören Sie mich?«

»Mhm.«

»Entspannen Sie sich und öffnen Sie die Augen.«

»Wo bin ich?«

»Es ist alles okay. Sie sind wieder in der Realität.«

»Realität?«

»Im Reisebüro *Life*. Ihr Reisebüro für virtuelle Reisen auf der Venus. Beta Quadrant 4. Wir schreiben das Jahr 2173.«

»Wie? Wo? Reisebüro?«

»Ja. Sie haben gerade eine Reise in die Wüste Nefud, Planet Erde, 30ster Breitengrad unternommen. Danach haben wir sie – sozusagen als Bonus – in die Eiswüste Grönlands geschickt. Ebenfalls auf dem Planeten Erde, 75ster Breitengrad. Sie haben die Jahre 1805 und 1913 besucht.«

»Es … war so real. Als wäre ich dort gewesen …«

»Ja! Ist das nicht toll? Wenn Ihnen Ihre Reise gefallen hat, empfehlen Sie uns bitte weiter.«

»Ich habe alles gespürt. Den Sand, den Schnee. Alles! Aber irgendwas war falsch. Ich war nicht mehr ich, sondern jemand anderes.«

»Das macht die Persönlichkeitsübertragung. Ihre Persönlichkeit wurde auf jemand anderen übertragen. Dadurch waren sie auch diese Person.«

»Es war nicht richtig. Es hat sich falsch angefühlt … Sie haben sich gewehrt …«

»Machen Sie sich deswegen keine Sorgen. Das kommt öfter vor. Die Persönlichkeiten der Urlaubspersonen wehren sich

manchmal gegen eine Übertragung. Das ist kein Problem. Wenn wir das wissen, können wir solche Fehler umgehen.«
»Umgehen?«
»Wir schicken Ihre Persönlichkeiten einfach fort.«
»Kann man Persönlichkeiten einfach fortschicken? Ich habe ja schon davon gehört, dass man inzwischen Dinge einfach per Gedanke fortschicken kann. Aber Persönlichkeiten?«
»Wie schnell die Wissenschaft doch Fortschritte macht, nicht wahr? Leider kann und darf ich Ihnen nichts Genaueres dazu sagen. Berufsgeheimnis, Sie verstehen? Äh, also, schön, dass Sie Ihren Urlaub bei uns verbracht haben. Wir würden uns freuen, Sie wieder bei uns begrüßen zu dürfen. Hier ist der neueste Prospekt. Bitte schön, ich halte Ihnen die Tür auf. Auf Wiedersehen!«
»Auf Wiedersehen.«

Virtueller Urlaub? Persönlichkeitsübertragung? 2173? Hier ist alles so grün! *Wo ist mein geliebter Sand? Wo ist der Schnee?* Woher kommen diese Gedanken? Bin das ich? Kommen sie von mir? *Ich will zurück nach Hause!* Das ist mein Zuhause. Planet Venus, Quadrant 6b. Da wohne ich. Ich sehe, dass ich daheim bin. Ich rieche, dass ich daheim bin. Ich höre, dass ich daheim bin. Ich fühle, dass ich daheim bin. Somit bin ich daheim! Oder nicht?
Hm … die Erde also? Sie kam mir so bekannt vor. Ich fühle mich hier plötzlich so fremd. Woher kommt das? Hier ist doch meine Heimat?! Oder ist das etwa nicht die Wirklichkeit? Kann ich meinen Sinnen noch trauen nach dem, was ich erlebt habe?

Svenja Seibold

Illusionen oder Anna bricht aus

Wenn Blicke töten könnten, dann läge dieser junge Mann jetzt tot im Foyer der Bank. Sie wusste auch nicht, woher ihr plötzlicher Zorn auf ihn gekommen war. Der ganze Tag hatte bereits falsch begonnen: Sie hatte verschlafen, weil der Funkwecker eine falsche Zeit angezeigt hatte, und die einzige blickdichte Strumpfhose in ihrem Schrank hatte eine Laufmasche, was sie erst bemerkte, als sie schon im Auto saß.

Die Ampel an der riesigen Kreuzung in der Innenstadt war einfach abgeschaltet – in der Rushhour – und der Verkehrspolizist unterhielt sich friedlich rauchend mit seiner blauäugigen Kollegin.

Völlig aufgelöst war sie schließlich zwei Stunden zu spät zur Arbeit gekommen und natürlich prompt zum Chef zitiert worden. Doch statt ihr Zuspätkommen zu monieren, erzählte er ihr von einem Gartenfest mit seiner Frau und Freunden, obwohl er doch schon seit einem Jahr geschieden war.

Zu guter Letzt war ihr im Aufzug schwindlig geworden – sie hätte beinahe das Gleichgewicht verloren – und ein plötzlicher Schweißausbruch ruinierte Frisur und Kleidung.

Das ist alles gar nicht wahr, hatte sie in einem Anflug von Panik gedacht, dein Kopf spielt verrückt. So viele seltsame Dinge können nicht an einem Tag zugleich geschehen. Du brauchst Urlaub, bist überlastet, das ist nicht weiter Besorgnis erregend.

Solche Ausfälle häuften sich in letzter Zeit. Deswegen hatte sie einen Termin beim Arzt gemacht, nur um sicherzugehen, dass mit ihr alles in Ordnung war.

Im Schalterraum angekommen flüchtet sie sich dann in ihren Glaskasten, froh über das diensteifrige Schnurren der Klimaanlage. Es ist viel zu heiß für einen Apriltag und eigentlich haben die Meteorologen 9 °C und Regen angesagt. Sie sehnt sich nach einem kräftigen Gewitter.

Er hatte sie in ihren Träumen gestört. Hätte er ihr noch eine Minute gegeben, um die Gedanken zu bündeln, sie mit einer Spange festzustecken wie die lästigen, langen Haare …
Aber er hatte keine Zeit, seine Probleme waren zu wichtig.
Und er war es gewöhnt, dass man ihm Aufmerksamkeit schenkte.

Es gibt Menschen, die sind ein Blickfang. Er ist so jemand. Müsste sie ihn für ein Phantombild beschreiben, würde nichts Vernünftiges zustande kommen. Er hat diese lässige Art schlanker, junger Menschen, die mehr tanzen, als dass sie gehen, die immer nur nach vorne schauen.
Es sind seine Augen, die sie sofort in ihren Bann ziehen. So groß sind sie, von einem warmen, dumpfen Grau mit einem leichten silbrigen Schein am Rand. Die halb herabgesenkten, langen Wimpern verleihen ihnen etwas Träumerisches. Ein übermütiger, leichtsinniger Charme blitzt darin und sie scheinen zu lächeln. Sie lachen voll Zuversicht, als wollte er sagen: Ist es nicht ein Glück, dass wir uns heute gerade hier begegnet sind? In diesen Augen ist sie jemand ganz anderes. Eine

reife Frau, deren Attraktivität durch die kleinen »Gebrauchsspuren« erhöht statt gemindert wird. Das Haar hängt nicht unordentlich, sondern verspielt über ihre Schultern, die zerknitterte Bluse ist lässig. Alles eine Frage der richtigen Sichtweise ....

Gern würde sie seine Haut berühren, ertasten, wie sie sich anfühlt. Seidig, glatt und kühl vielleicht? Aber wahrscheinlich würde er es nicht zulassen. Er gehört zu den Männern, die als kleine Jungen auf dem Schoß ihrer Mütter zappelten und die man um jeden Kuss auf die Wange bitten musste.

Für einen Moment glaubt sie, Interesse in seinen Augen zu lesen. Er sieht sie nicht, er betrachtet sie. Das ist etwas ganz anderes. Betrachtet werden, da geht einem der Blick durch und durch, man kann ihn spüren, als dünnen Strahl, der die Haut streichelt, durch die Poren in den Körper schlüpft, durch Muskeln und Knochen gleitet und irgendwo als warmes Prickeln im Rücken wieder austritt. Hinter einem Bankschalter wird man selten betrachtet. Man sitzt abgeschottet hinter Glas und auch das Namensschild kann nicht darüber hinwegtäuschen, dass genauso gut ein Automat die gewünschte Geldsumme auszahlen könnte.

Aber er hat Zeit. Lehnt am Schalter und nimmt sie wahr. Bei diesem Gedanken hüpft ein kleines Glücksgefühl in ihrer Brust auf und ab. Aber nur sehr kurz. Denn dann erlöst sie seine Stimme aus diesem ungewohnten Zustand ...

Eine selbstbewusste, etwas arrogante Stimme, die sich betont gelangweilt gab. *Geld, ich brauche Geld, genauer gesagt 1000 Euro, oder auch mehr, wenn's geht ...*

Etwas zerbrach in ihrem Kopf. Wie hatte sie nur glauben können, dass er ihr zulächelte? Er hatte gelächelt, weil er Geld brauchte und gehofft hatte, die alte Schachtel hinter dem Schalter um den Finger wickeln zu können. Ja, er hatte sie wahrgenommen! Hatte sie abgeschätzt und im Geist als geeignet für sein Ziel befunden.

Sie hatte ihn angestarrt voll verletzter Wut, gekränkter Eitelkeit. Geldgier steckte hinter diesen unschuldigen Augen! Wie er schon aussah … Plötzlich war es kein jugendlicher Chic mehr, den sie an ihm sah, sondern verkommene Ungepflegtheit (diese scheußlichen Kleider), keinen Respekt, keine Achtung vor anderen (Warum drängte er ihr seine Nähe auf?) und roch er nicht auch irgendwie unsauber? Das Glitzern in seinen Augen war doch verschlagen! Und seine Arroganz war doch nur Schau, er ein Amateur, der seine Rolle nur dürftig beherrschte, um hinter einer Maske seine Unsicherheit zu verbergen, zu verstecken, dass er ein Niemand war.

Plötzlich wünscht sie sich inbrünstig, er würde sterben, würde röchelnd, Blut spuckend vor dem Schalter zu Boden gehen, Erbrochenes würde aus Mund und Nase tropfen, und der Liquor, der sein Gehirn schützen sollte, würde aus den Ohren plätschern, ein kleiner See, um die Füße darin zu kühlen …

Sie wurde ihn los. Es gab da Vorschriften, Sicherheiten, die er schriftlich erbringen musste, unzählige Paragrafen als Strafe für sein Desinteresse an ihrer Person.

Ich halte mich nur an die Anweisungen des Chefs. Mit Genugtuung hatte sie beobachtet, wie seine Maske Risse bekam und ihre Korrektheit ihn wieder zu dem machte, was er eigentlich war.

Etwas Seltsames war geschehen, doch der Moment war vorüber: Eine kleine Bankangestellte hatte für kurze Zeit zu tief in die Augen eines zugegebenermaßen gut aussehenden, aber unwichtigen Mannes geschaut; eine kleine Bankangestellte hatte geglaubt, in diesen Augen etwas zu sehen. Aber das war jetzt vorbei. Vergessen. Wie gesagt, nur ein kurzer Augenblick der Verwirrung.

Sie sitzt in ihrem Auto und wartet. Wartet, dass sich der Stau auflöst. Es ist nicht erkennbar, warum sich nichts mehr bewegt auf der großen Straße. Es hat keinen Unfall gegeben, keine Baustelle verhindert die Durchfahrt. – Nichts scheint heute wie sonst zu sein.

Ihr Lieblingssender im Radio, der vor allem Jazz spielt, rauscht und knackt. Ärgerlich sucht sie ein anderes Programm. Wenn sie doch nur schon zu Hause wäre!

Warum habe ich mich von den Augen des jungen Mannes am Morgen täuschen lassen? Vielleicht weil er mich an den einzigen Mann erinnert hat, den ich versucht habe zu lieben. *Ich kann nicht mit einer Frau zusammenleben, die aufgehört hat zu träumen und das auch noch für einen Erfolg hält.* – Zerstückelte Erinnerung an seine Worte, konserviert im Morast vergangener Zeit.

Sie wird es ihr sagen. Ihrer Mutter. Dass sie schon ein Jahr lang getrennt von dem Mann lebt, den diese so gern als Schwiegersohn haben würde. Und was wird ihre Antwort darauf sein? *Du hast mal wieder alles falsch gemacht, Anna.* Und sie wird wie immer nichts darauf erwidern, sondern still die Wohnung verlassen.

Plötzlich zucken aus den gelb-violetten Wolken am Horizont

Blitze. Ganz ohne Donner. Ein heftiger Windstoß wirbelt durchs offene Fenster herein.
Nein, vielleicht wirst du es auch ganz anders machen. Du könntest ihn anrufen – sie weiß die Nummer noch immer auswendig – und ihm sagen, dass auch du Träume hast, dass sie dir vielleicht nur für eine Zeit lang verloren gingen. (Ich würde gerne mit dir nach Sylt fahren und in dem roten Klinkerhaus wohnen, das wir damals auf einem Foto im Schaufenster des Reisebüros gesehen haben.) Er würde erstaunt sein …
Plötzlich hört der Sender auf zu knistern und ein quirliges Saxofon-Solo erfüllt das Innere des Autos. Der Geruch von Nässe auf heißem Boden schwingt in der Luft. Ein Donnerschlag, apokalyptisch laut, zerreißt die zitternde Luft.
Und dann löst sich der Stau, ganz unerwartet ist wieder freie Fahrt. Mit einem Stottern springt das alte Auto vorwärts.
Ich werde meinen Job kündigen. Vielleicht könnte ich wieder Geigenunterricht geben, so wie ich es vor meiner Ausbildung zur Bankkauffrau gemacht habe. Ihm würde das gefallen. *Ich schaue dir so gerne zu, wenn du Geige spielst, deine Finger tanzen dabei …*

Sie sah die Gestalt viel zu spät, nicht einmal die Sonne hatte sie geblendet. Er war ihr einfach entgangen. Den Blick auf die große Bahnhofsuhr auf der anderen Straßenseite gerichtet, stürmte er über den Zebrastreifen. Unfähig zu reagieren, beobachtete sie, wie sich Mensch und Auto in ihren Bahnen aufeinander zubewegten und sich unweigerlich kreuzen mussten. Du solltest bremsen, dachte sie, und: Jetzt passiert es!

Er prallt gegen die Motorhaube, wird durch die Luft geschleudert. Ein seltsam schöner Anblick, wie er so durch die Luft taumelt, sich langsam um die eigene Achse dreht. Das Haar flattert im Wind, die dunkelgrauen Augen sind weit aufgerissen, die Lippen verzogen in stummem Erstaunen.
Dann nimmt sie nichts anderes mehr wahr als den Laut, mit dem sein Körper auf der Erde aufschlägt. Ein trockenes Knacken, das hohl nachklingt. Und ihre Augen folgen den Bewegungen seiner Arme, dem hilflosen Zucken der Finger.
Als sie aus dem Wagen steigt, schmerzen ihre Ohren von dem plötzlichen Lärm. Autos hupen, irgendwo schreit jemand um Hilfe, ein Hund bellt und aus einer Nebenstraße ertönt das gleichmäßige Klopfen eines Vorschlaghammers bei der Arbeit.
Seine Augen sind ganz klar. Er schaut zu ihr auf. Dieses ruhige, sanfte Grau ist jetzt frei von Verschlagenheit und Charme. Da ist nur das stumme Erkennen dessen, was soeben geschehen ist. Bis auf einen dünnen blutigen Faden, der ihm aus der Nase rinnt, ist das Gesicht seltsam unberührt, nur der restliche Körper ist zerbrochen. Ein bizarres Bündel Glieder. Wie kann ein Körper so unmöglich verdreht und doch noch ein Ganzes sein?
Jetzt berührt sie endlich seine Haut, streicht vorsichtig über die Wange und erkennt mit Genugtuung, dass er sie jetzt nicht wird abwehren können. Kühl ist seine Haut. Aber nicht glatt. Ihre Fingerspitzen spüren die feinen Bartstoppeln an seiner Wange, ein dünner Schweißfilm macht seine Stirn klebrig. »Die tausend Euro«, sagt er und seine Stimme klingt ganz hoch. »Ich wollte damit in die Ferien fahren.« Er schließt für einen Moment konzentriert die Augen. Als falle es ihm

schwer, die Wörter in seinem Kopf zusammenzusuchen und über die Lippen hinaus in die vibrierende Luft zu stoßen. »Mit meiner Freundin, nach Sylt. Wir haben das rote Klinkerhaus auf einem Plakat im Schaufenster eines Reisebüros gesehen. – Es sollte«, er zögert erneut, »eine Art Neubeginn sein.« Seine Stimme wird noch undeutlicher. Blutige, kleine Schaumbläschen bilden sich vor seinem Mund. »Na ja, es scheint so, als hätte ich mal wieder alles falsch gemacht.« Der Versuch eines Lachens scheitert kläglich. Sie muss dabei an ein schluchzendes Kind denken. »Ich würde auch gern einmal nach Sylt fahren, mit einem Freund. Aber wahrscheinlich wird mir mein Chef so bald keinen Urlaub geben können und ich weiß auch nicht, ob dieser Freund überhaupt mitfahren möchte. Wahrscheinlich wird nichts daraus.«
Er sagt nichts mehr, ist nicht mehr in der Lage dazu.
Mit einer Mischung aus Faszination und Scham beobachtet sie, wie das Weiß seiner Augäpfel allmählich trüb wird, das dunkle Grau ist von feinen Rissen durchzogen und das Schwarz der Pupille starrt verdrießlich.
Es beginnt sanft zu regnen.

Eine mögliche Schlagzeile in der renommierten Tageszeitung: *Tragischer Verkehrsunfall mit Todesfolge – unaufmerksamer Fußgänger läuft vor fahrendes Auto. Halterin des Wagens schuldlos.*

Iris Holweg

Graugrün

Schon als ich ihn das erste Mal sah, fielen mir seine Augen auf. Graugrün. Augen wie ein Wolf. Als ich ihn unauffällig musterte, blieb ich fasziniert an ihnen hängen. Sie fesselten mich. Schon immer hatte ich auf die Augen von Leuten geachtet, wenn ich sie das erste Mal sah, doch solche Augen waren mir noch nie untergekommen. Ich hatte schon von ihm gehört. Wäre auch gar nicht anders gegangen, wo er doch wochenlang Stadtgespräch war. Er war in den letzten Pfingstferien aus Karlsruhe hergezogen, war 17 Jahre alt und ging auf dieselbe Schule wie ich. Er war eine Klasse über mir, wohl in allen Fächern ganz passabel und verbrachte den größten Teil seiner Freizeit mit Sport: Skateboard fahren, Volleyball und surfen.

Laura, meine Freundin seit Sandkastenzeiten, hatte mir all das erzählt. Auch dass er total schüchtern sei und sogar die Kinoeinladung von Vanessa, unserer Stadtschönheit, mit knallrotem Kopf abgelehnt hatte.

Die ersten zwei Wochen nach seinem Einzug verbrachte Laura, wie sämtliche weibliche Bewohnerinnen unserer Stadt im Alter von 13 bis 17, meist auf dem Skateplatz oder im Freibad beim Volleyballfeld in der Hoffnung, ihn dort anzutreffen. Wie viele ihrer Freundinnen sammelte sie sämtliche Informationen über ihn, um mir am nächsten Morgen in den Pausen und auch in der Zeit zwischen den Pausen vorzuschwärmen, was er angeblich noch für wundervolle Eigenschaften hätte. Von seinen Augen hatte sie jedoch nie gesprochen. Jeder kannte seinen muskulösen Oberkörper, seine strubbeligen Haare, seine Ohren, die tomatenrot wurden, wenn man ihn ansprach, ja sogar seine Schuhgröße war das Thema mancher Pausendiskussion.

Die wolfsgrauen Augen schien niemand bemerkt zu haben.

Der ganze Trubel ließ mich vollkommen kalt. Nur seine Augen. Sie faszinierten mich von Anfang an, doch deswegen nur noch an ihn zu denken, ihm hinterherzulaufen oder nachzuspionieren war nicht meine Art. Das überließ ich lieber anderen.

Manchmal traf ich ihn an der Bushaltestelle und wir redeten, meist über Belangloses, ohne Hintergedanken. Er schien immer gut gelaunt und zu Späßen aufgelegt.

Nach den Herbstferien wurden unsere Gespräche jedoch immer seltener. Er stand häufig mit Jungs aus seiner Klasse herum, fing an zu rauchen und beachtete mich kaum mehr. Die Rolle des Coolen spielte er immer besser und jeder schien damit zufrieden zu sein. Seine anfängliche Schüchternheit wandelte sich in scheinbare Coolness, seine strubbeligen Haare ließ er sich blondieren, seine Klamotten kaufte er nur noch in den angesagtesten Skate-Läden und gleichzeitig wurde sein Fanclub immer größer. Es fanden sich immer mehr, die glaubten, seine Coolness würde abfärben und die Zahl der weiblichen Verehrerinnen wuchs. Nur die Augen waren die gleichen. Fast zumindest. Das Funkeln war daraus verschwunden. Sie wurden immer grauer. Ich glaubte, mir die Lebendigkeit, die ich anfangs darin gesehen hatte, nur eingebildet zu haben.

Wenn er in seiner Clique war, schien er mich nicht zu bemerken, nur selten kreuzten sich unsere Blicke. Die graugrünen Augen geisterten zwar anfangs noch manchmal in meinem Kopf herum, doch je öfter ich ihn sah, umso weniger konnte ich meine anfängliche Faszination verstehen. Seine Blicke waren uninteressiert, ohne Aussage. Ich dachte, mich hätte der ganze Trubel um ihn wohl doch irgendwie mitgerissen und erklärte mir so, warum mir seine Augen am Anfang so interessant vorgekommen waren. Dass er sich nur verschlossen hatte, darauf bin ich nicht gekommen. Erst als es schon zu spät war, habe ich reagiert. Erst an dem Tag, den ich nicht so schnell aus meinen Gedanken werde streichen können wie die Wolfsaugen, als sie nur noch nach tristen Regenwolken aussahen.

Ich war auf dem Rückweg vom Nachmittagsunterricht, kam gerade zur Bahnbrücke, als der Nachmittagszug mit quietschenden Bremsen durchfuhr und schließlich 20 Meter danach zum Stillstand kam. Als ich auf der Brücke ein einsames Skateboard stehen sah, kamen mir die schlimmsten Gedanken. Es war sein Skateboard. Einfarbig schwarz. Nur die Rollen waren dunkelgrün. Das Beste vom Besten. Sämtliche Skater der Region beneideten ihn um sein Board.

Nur seine grauen Augen hatte ich im Kopf. Langsam stieg ich vom Fahrradsattel, ließ den Lenker aus meinen Händen gleiten. Das Fahrrad fiel scheppernd auf den Boden. Unsicher lief ich zur Gleisböschung. Wurde immer hektischer, schneller. Rannte wie verrückt die 20 Meter zum vorderen Triebwagen. Immer schneller. Brennnesseln brannten auf meiner Haut. Ich knickte um, Äste vom Gebüsch peitschten mir ins Gesicht. Trotzdem rannte ich weiter.

Es war zu spät. Vor dem Zug lag sein lebloser Körper. Ein schrecklicher Anblick. Der Zug hatte ihn mitgeschleift. Sein Gesicht war aufgeschürft, Arme und Beine waren wie bei einer Puppe verdreht. Seine Augen waren geschlossen. Ich wusste: Nie wieder würden sie sich öffnen und graugrüne Funken aussprühen. Nie wieder.

Obwohl er blutüberströmt war, kniete ich mich neben ihn nieder und strich ihm durch die Haare. Sekunden, Minuten vergingen, bis ich in der Ferne die Sirenen hörte. Wie betäubt hörte ich nicht auf, ihm vorsichtig die klebrigen Strähnen aus dem Gesicht zu streichen. Meine Tränen tropften darauf. Ich konnte meinen Blick nicht von seinem entspannten Gesichtsausdruck abwenden. Sein Gesicht sah so friedlich aus, als ob er schliefe. Meine Gedanken waren wie weggeblasen. Meine Tränen liefen auf seine Wangen hinunter und hinterließen Spuren. Daneben quoll sehr langsam sein rotes Blut aus einer kleinen Wunde an der Stirn. Ich nahm ein Taschentuch aus meiner Hose und fuhr ihm sanft über die Wunde. Es saugte das Blut auf und wurde rot. Immer wieder, auch als ich an meiner Hand das warme Blut fühlte, wischte ich ihm vorsichtig darüber. Behutsam fuhr ich ihm über seine Augenlider und so vermischten sich meine Tränen mit seinem Blut. Bis vorsichtig eine Hand an meine Schultern griff, wiederholte ich ständig die gleiche Bewegung. Von fern drang eine Stimme zu mir und mit sanfter Gewalt wurde ich einige Meter die Böschung hinab auf ein Feld geführt. Immer wieder stolperte ich, Tränen verschleierten meine Augen, doch wie zwanghaft versuchte ich mich umzudrehen. Unerbittlich wurde ich weggebracht, bis ich mich schließlich wenige Meter neben der Unfallstelle auf die Erde setzen durfte. Eine Stimme versuchte mich zu beruhigen. Bisher hatte ich alles wie apathisch hingenommen. Nur die Tränen waren mir hinuntergeflossen, doch nun brach alles aus mir heraus. Ich fing an laut zu schreien, schluchzte, zitterte und schlug wild um mich. Ich konnte es einfach nicht fassen. Vergeblich versuchten mehrere Sanitäter mich zu beruhigen und nach einiger Zeit wurde ich mit einem Krankenwagen nach Hause gebracht.

Ich wollte nur noch in mein Zimmer, die Tür zumachen und alles vergessen. So tun, als wäre nichts geschehen. Als hätte es nie diese funkelnden Augen gegeben.

Zu seiner Beerdigung kam der Großteil der Schüler. Seine Urne wurde in ein bereits vorhandenes Grab gelegt. Es war erst zwei Monate alt und der Name seines Bruders stand in schwarzer Schrift auf einem schlichten Holzkreuz.

Er war fünf Jahre jünger gewesen und in den Sommerferien im Urlaub ertrunken. Er wollte surfen lernen, wie sein großer Bruder, den er stets bewundert hatte. Trotz des Altersunterschieds kamen die beiden gut miteinander klar. In den Ferien hatten sie gemeinsam den Wind und die Wellen in Italien genossen. Es war für ihn als großer Bruder eine Selbstverständlichkeit, seinem kleinen Bruder die Anfangsstunden in seinem Lieblingssport zu geben. Doch die Strömung war zu stark. An der Wasseroberfläche plätscherten leichte Wellen und der Wind war ideal für Anfänger. Bis er vom Brett fiel und sofort untertauchte. Hinab ins graugrünliche Wasser. Den wachsamen Augen des großen Bruders war dies nicht entgangen, doch er dachte zunächst, es handle sich um einen Scherz. Als der kleine Bruder jedoch nach einer Minute noch nicht wieder aufgetaucht war, schwamm er in Panik zu der Stelle, wo er ihn das letzte Mal gesehen hatte. An seinen

Füßen bemerkte er eine unheimliche, starke Strömung. Trotzdem tauchte er hinunter und kämpfte mit den Strudeln. Nirgends konnte er ihn entdecken. Immer wieder tauchte er auf, holte Luft und suchte unter Wasser weiter, bis ihn der Luftmangel wieder zum Auftauchen zwang. Er musste schließlich von der Rettungswacht mit einem Boot an den Strand gebracht werden. Und von da an damit leben, beim Tod seines Bruders dabei gewesen zu sein. Das graugrüne Meer hatte den Zwölfjährigen verschlungen und wenige Tage später wieder an den Strand gespuckt.

Von uns wusste niemand davon. Erst als es zu spät war, erzählten uns seine Eltern von dem Unglück. Über Probleme, die nicht gerade das Skateboard betrafen, zu reden war out. Hauptsache man war cool. Die grauen Augen hatten ja niemanden interessiert. Warum auch. Man kann ja auch so jede Menge Fun haben. Auch bei grauem Himmel.

Kathrin Kimmerle

Vom Anfang und Ende

»Ecke Buchenweg«, sagtest du, »10 Uhr, sei pünktlich.« Es ist 9.58 Uhr, wo bist du jetzt? Ich schaue auf meine Uhr, dein Geburtstagsgeschenk an mich. Ich habe die blaue Jeans an, die dir so gefallen hat. Ich bin kaum geschminkt, aus Angst, es könnte aufgesetzt wirken, denn du magst natürliche Mädchen, hast du gesagt, du. Ich sehe dich kommen, es ist warm, du hast das Hemd an, das du auf dem Konzert anhattest. Kleine Band, Stuttgart, letztes Jahr, weißt du das auch noch?, denke ich. Du bist da.

»Hi«, sage ich leise, du lächelst ein bisschen schüchtern, früher hast du mich dabei immer an meinen kleinen Bruder erinnert. Wir waren oft zusammen hier im Park, an diesem Weg, an dem die paar alten Bäume stehen und die Bank, nur du und ich, wir. Gab es mal ein *Wir*?

Es scheint so, mein Kopf ist voller Gedanken. Bilder von einer Umarmung schießen vorbei, als du mir gesagt hast, ich sei »einfach nur die Beste«.

War ich es?

Ein Lachen von dir klingt nach, ich habe mitgelacht – bitte, zeigst du mir wieder, wie das geht? Jetzt gerade schiebt der Eisverkäufer seinen Wagen neben uns über den Kiesweg, es knirscht, der Wagen hat lauter kleine rot-weiße Fähnchen über der Verkaufstheke, ich kann dich nicht anschauen. So ein verrückter Spatz pfeift sich die Seele aus dem Leib. Ich senke

den Kopf. Du wolltest immer Vanille-Kirsch, am liebsten mit einem Klecks Sahne, denke ich.
Du blickst mich an. Es ist schon so lange her – sechs Wochen. Ich weiß nicht mehr weiter ohne deine Zuneigung, dein Entschluss war für mich das Ende. Für dich ist es wahrscheinlich einfach ein neuer Anfang.
Du starrst mich jetzt regelrecht an, ich traue mich zaghaft hinzuschauen, es tut doch noch weh. Du blickst mir in die Augen wie damals, nur für einen Moment, da war es geschehen. Weißt du, dass deine Augen innen einen braunen Rand haben und sich nach außen hin grün sprenkeln? Ein kleiner grüner Fleck hat sich ins Braune verirrt, das ist mir damals sofort aufgefallen, damals. Leere im Kopf. Stille.
»Tja«, sagst du nur und schüttelst den Kopf. Realität. Ich kann dich nicht mehr anschauen, wende den Blick ab, schaue zu Boden. Der Kiesweg ist von Zigarettenstummeln und Kaugummipapier übersät. Dein kleiner grüner Sprenkel ist so weit weg. Mir schießen die Tränen in die Augen, sie tropfen auf den Weg.
Du und dein kleiner grüner Sprenkel wenden sich ab.
Du gehst.
Das war er also, unser letzter Augen-Blick.

»Ich hasse dich«, schreie ich. Im Kies liegt noch ein pinkfarbenes Kaugummipapier.
Ich liebe dich, ist das Einzige, was mir noch durch den Kopf geht.

Sarah Redlich

Spuren oder Vom Erwachsenwerden

1

Eines Morgens wache ich auf und entdecke dunkle Spuren, die vom Fenster aus quer durch das Zimmer laufen. Fußspuren. Zweifellos.

Das Fenster ist geschlossen und verriegelt, so wie ich es am Abend zuvor geschlossen und verriegelt habe. Ich finde keine Abdrücke auf dem Fensterbrett. Kein Wunder eigentlich, denn ich wohne im 10. Stock.

Genauso wie sie scheinbar aus dem Nichts beginnen, enden sie auch wieder. Vielleicht zehn Zentimeter vor meinem Bett reißen die Abdrücke ab. Sie gehen nicht weiter, sie kehren nicht um, laufen nicht mal im Kreis. Sie hören einfach nur auf.

2

Eines Morgens wache ich auf und sehe Fußspuren, die an der Decke entlanglaufen.

Das Fenster ist gekippt, aber der Rollladen ist heruntergelassen. Die Scheibe ist makellos.

Die Spuren ziehen sich in seltsam ungeordnetem Wechsel über die Decke. Es sind vier Füße. Zwei Paare. Später erkenne ich in dem scheinbaren Chaos eine Logik. Es ist der Walzerschritt, so wie er in Lehrbüchern abgebildet wird. In sieben

großen Drehungen verlaufen die Spuren vom Fenster zum Bett und enden ebenso abrupt wie die ersten.
Die Luft riecht nach Erde.

3

Eines Morgens wache ich auf und erblicke Spuren, die an der Wand entlanglaufen. Beginnend genau neben dem Fenster ziehen sich die drei immer wieder kreuzenden Fußspuren über drei Seiten des Zimmers und enden neben meinem Bett. Es sind die Spuren nackter Füße. Zwei davon größer, die dritte zierlich und klein.
Die kleinere schlängelt sich zwischen den anderen hindurch, umrundet sie einmal, läuft in Zickzacklinien nebenher. Die größeren weichen nur einmal von ihrem geraden Kurs ab und formen einen Kreis um die kleinen Füße.
Wieder ist das Fenster verschlossen, von den Pflanzen auf dem Fensterbrett ist keine heruntergefallen, auch die kreuz und quer verspannten Schnüre sind unberührt.
Und genauso plötzlich wie die erste Fußspur und die Walzerschritte enden sie ohne weiterzugehen.
Als ich meine Finger über die Wand gleiten lasse, rieselt hellbraune Erde zu Boden.

4

Eines Nachts wache ich zitternd vor Kälte auf und weiß, noch bevor ich die Augen aufschlage, dass die Spuren zurückgekehrt sind. Ich rieche sie überall. Der Raum ist durchtränkt von lehmigem, leicht modrigem Geruch. Ich weigere mich,

die Augen zu öffnen. Ich will es nicht sehen! Blind taste ich mich hinaus, schließe die Tür hinter mir und warte.
Ich warte lange. Stunde um Stunde. Zitternd kauere ich auf dem Flur, würde so gerne einschlafen und kann es doch nicht wegen der grausamen Kälte, die mich immer wieder in die Wirklichkeit zurückzerrt, wenn ich ihr gerade entschlummern will.
Irgendwann stehe ich auf.
Grelles Licht dringt durch das Schlüsselloch. Ich blinzle, einmal, zweimal, bis sich mein Auge an die Helligkeit gewöhnt hat. Zuerst ist da nur dieses hellweiße Licht. Doch dann sehe ich …

5

Mein Großvater sagte immer: »Die beste Medizin gegen Wunder ist es, sie – ohne sich über sie zu wundern – hinzunehmen.« Mein Großvater war ganz gewiss kein besonders gelehrter Mann. Er war Handwerker, Bildhauer, schnitzte Grabsteine aus Holz und Stein, aber er war auch nicht dumm. Und er verstand viel vom Leben. Mehr als ich von einem so alten und zittrigen Mann, wie ich ihn gegen Ende erlebte, erwartet hätte. Er las so gut wie nie. Die einzigen Bücher in seinem Regal waren eines über Rodin (seinen Lieblingsbildhauer), ein schlesisches Kochbuch und eine Bibel, bei der in der Mitte ein Rechteck aus den Seiten herausgeschnitten war, gerade so groß, dass eine kleine Schachtel aus Ebenholz hineinpasste. Und in der Schachtel lagen eine Patrone, eine alte fleckige Münze und eine goldene Locke.
»Mein Leben«, sagte er, »liegt in diesem Buch verborgen.«

Aber gelesen, gelesen hat er die Bibel nie. Und bei dem Rodin hat er nur die Bilder angeschaut. Genau wie bei dem Kochbuch. Er hat noch nie ein einziges Essen nach Rezept gekocht.

6

Manchmal wenn ich nachts aufwache und das Zimmer nach feuchter Erde riecht, bleibe ich einfach mit geschlossenen Augen im Bett liegen. Manchmal höre ich einen leisen Gesang, manchmal ein Lachen. Ihre Stimmen sind wie das Rauschen der Felder im Wind. Wenn ihre weiten Kleider meinen Körper streifen, fühlt es sich an wie ein warmer Sommerregen.
Woher sie kommen, wohin sie gehen? Ich weiß es nicht. Stattdessen liege ich hier und staune, dass es so etwas Wunderschönes und Einzigartiges in dieser grauen Welt überhaupt geben kann. Und jede Nacht hoffe und bange ich von neuem und sehne mich danach, das grelle Licht im Halbschlaf auf meinen Lidern zu spüren.
Irgendwann werden sie nicht mehr da sein. Wenn ich morgens aufwache, werde ich keine Spuren mehr finden. Nie mehr. Wer aufhört, Wunder für etwas Wundervolles zu halten, tötet sie. Manche nennen das »erwachsen werden«. Wenn es so ist, möchte ich nie, NIE erwachsen werden.

Melanie Braith

Was wirklich geschah ...

Die Geschichte beginnt um Punkt zehn Uhr in einem Mehrfamilienhaus in einem kleinen, abgelegenen Dorf. Jetzt ist es 21.59 Uhr, noch ist in dem besagten Haus alles ruhig. Der Sekundenzeiger der Uhr im Flur des Hauses nähert sich der Zwölf, und schon schlägt auch die Turmuhr. Es ist zehn Uhr, und in diesem Moment öffnen sich die Haustüren aller drei Wohnungen des Hauses. Entsetzt stürmen drei Mieter auf den Gang hinaus. Alle drei sehen sich erschrocken an. Für einen Augenblick ist alles still. »Es brennt!«, rufen da plötzlich alle Hausbewohner gleichzeitig. »Ich weiß!«, rufen sie nach kurzer Pause abermals synchron.

Über ihren Köpfen beginnt das Heulen des automatischen Feuermelders.

Es ist halb elf, als Kommissar Regert an dem brennenden Haus ankommt. Die Feuerwehr kämpft noch mit den letzten kleinen Flammen, doch den schwierigsten Teil ihrer Arbeit haben sie bereits überstanden. Die Bewohner des Hauses stehen mit entsetzten Mienen auf der Straße und sehen zu, wie es der Feuerwehr gelingt, wenigstens einen Teil des Hauses zu retten. Kommissar Regert tritt auf sie zu, wenig begeistert blicken sie ihm entgegen. »Guten Tag, mein Name ist Regert«, stellt sich der Kommissar vor. »Es tut mir Leid, was heute Nacht geschehen ist, doch ich würde Ihnen gern einige Fragen stellen. Beginnen wir doch mit Karl Faharel.« Ein etwas älterer Herr geht auf den Kommissar zu. Dieser nickt. »Wenn Sie mir bitte folgen würden.«

Ein wenig abseits erzählt Hausmeister Karl Faharel, wie er den heutigen Abend erlebt hat. »Ich kann noch gar nicht fassen, was geschehen ist! Eigentlich war es ein Abend wie jeder andere. Ich saß gemütlich vor dem Fernseher, als dann plötzlich und ganz unerwartet der Feueralarm losging.« – »Und Sie haben keine Idee, wie das Feuer ausgebrochen sein könnte?«, hakt der Kommissar nach. »Nun ja, wenn Sie mich so fragen …« Der Hausmeister tritt näher an den Kommissar heran. »Man hört ja so einiges, wissen Sie. Ich könnte mir gut vorstellen, dass es die Schuld dieser unmöglichen Frau Penders ist. Eine schreckliche Person! Wissen Sie, es soll anscheinend oft passieren, dass sie vergisst, ihren Herd abzuschalten.« Der Hausmeister wirft Frau Penders einen gehässigen Blick zu. Der Kommissar zieht die Augenbrauen hoch, er weiß genau, wie glaubwürdig diese Aussage ist. Trotzdem lässt er sich nichts anmerken. »Vielen Dank, Herr Faharel. Würden Sie bitte Frau Penders zu mir schicken?«

Frau Penders ist furchtbar aufgeregt, und ihre schrille Stimme reizt das Trommelfell des Kommissars aufs Äußerste. »Ist das nicht schrecklich? Das schöne Haus! Meine schöne Wohnung! Meine schöne Einrichtung!« Der Kommissar nickt mitfühlend. »Das tut mir wirklich Leid, doch könnten Sie mir erzählen, was Sie heute Abend gemacht haben? Plötzlich wird die Frau noch aufgeregter. »Ich war gar nicht zu Hause, müssen Sie wissen, ich bin erst kurz vor zehn Uhr zurückgekommen. Und kaum war ich in meiner Wohnung, ist auch schon der Feueralarm losgegangen«, erzählt Frau Penders hastig. Der Kommissar hat eine undurchdringliche

Miene aufgesetzt. »Was vermuten Sie denn, wie das Feuer ausgebrochen ist?« Frau Penders tritt näher an den Kommissar heran. »Ich weiß, dass man niemanden verdächtigen soll, aber wenn Sie mich so fragen, bestimmt war es die Schuld dieses unmöglichen Studenten, Rolf Hauser. Dieser schreckliche Mensch raucht ohne Unterlass. Das ganze Haus stinkt nach seinen Glimmstängeln.« Frau Penders wirft einen missbilligenden Blick in die Richtung des Studenten und der Kommissar unterdrückt einen Seufzer. Dieser Blick verrät ihm, wie weit er der Frau Glauben schenken kann.

Zuletzt spricht Kommissar Regert mit dem Studenten Rolf Hauser. Dieser hat sich eine Zigarette angezündet und erzählt, wie er den Abend verbracht hat. Dabei blickt er dem Kommissar noch nicht einmal ins Gesicht. »Wissen Sie, ich habe morgen eine wichtige Prüfung und aus diesem Grund sehr viel zu lernen. Ich habe den ganzen Abend über meinen Büchern gesessen. Dann ging plötzlich der Alarm los. Ganz überraschend, das können Sie mir glauben.« Der Kommissar nickt. »Ganz überraschend. Natürlich. Und können Sie sich den Ausbruch des Feuers erklären?« Zum ersten Mal blickt Rolf dem Kommissar in die Augen, dann tritt er näher an ihn heran. Der Kommissar rollt mit den Augen. Nun ging das schon wieder los! »Ich möchte niemanden beschuldigen, Herr Kommissar. Aber Sie sollten wissen, dass der Hausmeister, dieser ewig meckernde Griesgram, einen offenen Kamin in seiner Wohnung hat.« Rolf Hauser wirft einen wütenden Blick in Richtung Herr Faharel. Der Kommissar seufzt. »Vielen Dank für Ihre Hilfe.«

Unruhig wälzt sich der Hausmeister in seinem Bett hin und her. Die drei Mieter sind in einem Hotel untergebracht, doch an Schlaf kann Herr Faharel nicht denken. »Es ist meine Schuld, dass das Haus abbrannte!«, murmelt er immer wieder und erinnert sich. Er hatte vor seinem Kamin gesessen und sich dann ein Fußballspiel im Fernsehen angesehen. Dabei war er eingeschlafen. Als er wieder aufwachte, hing dichter Rauch in seinem Zimmer. Ein Holzscheit war aus dem Kamin gefallen und hatte die Vorhänge in Brand gesetzt. Erschrocken war Herr Faharel auf den Gang gelaufen, um die anderen Mieter zu warnen. Beim Hinauslaufen hatte er einen Blick auf die Uhr geworfen. Es war zehn Uhr gewesen. Herr Faharel wälzt sich noch immer hin und her. Er hätte dem Kommissar die Wahrheit sagen sollen, aber er war einfach zu feige gewesen.

Doch Herr Faharel ist nicht der Einzige, der keinen Schlaf findet. Auch Frau Penders ist noch wach und geht unruhig in ihrem Hotelzimmer auf und ab. »Es ist meine Schuld, dass das Feuer ausgebrochen ist!«, wirft sie sich vor. Frau Penders erinnert sich, wie sie kurz vor zehn Uhr nach Hause gekommen war. Als sie in ihre Küche trat, quoll ihr dichter Rauch entgegen. Entsetzt stellte Frau Penders fest, dass sie wieder einmal vergessen hatte, den Herd abzustellen. Sie drehte sich um und lief auf den Gang, um die anderen Mieter zu warnen. Als sie einen kurzen Blick auf ihre Armbanduhr warf, sah sie, dass es genau zehn Uhr war. Frau Penders geht weiter auf und ab. Warum nur war sie zu feige gewesen, dem Kommissar die Wahrheit zu sagen?

Auch der dritte Bewohner des abgebrannten Hauses findet keinen Schlaf. Rolf Hauser sitzt auf dem Balkon seines Hotelzimmers und zieht nervös an einer Zigarette. Das Feuer ist meine Schuld!, klagen seine Gedanken. Rolf erinnert sich, wie er den ganzen Abend über gelernt hatte. Selbstverständlich hatte er dabei immer wieder geraucht, er kam einfach nicht von diesen vermaledeiten Dingern los. Er war nur einen Augenblick mit seinen Gedanken woanders gewesen und hatte nicht gesehen, wie die Asche seiner Zigarette auf eines seiner Bücher fiel. Im nächsten Augenblick hatte dieses auch schon gebrannt. Erschrocken rannte Rolf auf den Flur, um die anderen Mieter zu warnen. Er hörte, wie die Turmuhr zehn schlug, als er die Tür öffnete. Rolf zündet sich eine neue Zigarette an. Warum nur war er nicht mutig genug gewesen, um seinen Fehler bei der Polizei einzugestehen? Immer wieder wirft sich Rolf sein Handeln vor.

Am nächsten Morgen im Polizeipräsidium sitzt Kommissar Regert hinter seinem Schreibtisch und telefoniert, als sich plötzlich die Tür öffnet und Hausmeister Faharel eintritt. Der Kommissar bittet ihn mit einer Handbewegung Platz zu nehmen. Da öffnet sich die Tür ein weiteres Mal, und Frau Penders tritt ein. Erstaunt blickt sie auf Hausmeister Faharel. Der Kommissar, der noch immer telefoniert, deutet auf einen anderen Stuhl seines Büros, und so setzt sich auch Frau Penders. Kaum hat sie Platz genommen, öffnet sich die Tür auch schon ein drittes Mal. Rolf Hauser tritt ein, und der erstaunte Kommissar legt den Hörer auf. Unaufgefordert setzt sich Rolf auf den letzten freien Stuhl.

Kommissar Regert kann seine Verwunderung nun nicht mehr länger verbergen. »Guten Morgen, die Herrschaften! Was kann ich denn für Sie tun?« – »Ich möchte Ihnen etwas mit-

teilen!«, sprudelt es aus allen drei Mietern mal wieder gleichzeitig heraus. Der Kommissar nickt.
»Gut, doch zuerst sollten Sie noch etwas erfahren. Ich habe soeben mit dem Sachverständigen gesprochen, der die Ursache des Brandes in ihrem Haus festgestellt hat.« Herr Faharel, Frau Penders und Rolf Hauser erbleichen. Der Kommissar fährt fort. »Leider sind Ihre Wohnungen komplett ausgebrannt, sodass wir dort keine Spuren sichern konnten. Doch unser Sachverständiger hat die Ursache des Brandes benannt. Schuld an dem ganzen Unglück war eine defekte Stromleitung, die durch einen Kurzschluss den Brand verursachte. Das war genau um …« Der Kommissar blättert in seinen Unterlagen. »… Das war genau um zehn Uhr.«
Plötzlich machen alle drei Mieter einen erleichterten Eindruck auf den Kommissar. »Nun, was wollten Sie mir mitteilen?«, erkundigt er sich. »Ach, das hat sich von selbst erledigt«, sagen Herr Faharel, Frau Penders und Rolf Hauser wieder einmal gleichzeitig. Dann verabschieden sie sich schnell und verlassen das Büro des Kommissars. Auf dem Flur blicken sich die drei Mieter noch einmal an und erinnern sich an jenen Augenblick in der vergangenen Nacht, als sie alle den gleichen Gedanken gehabt hatten: Das Feuer ist meine Schuld! Für einen Moment ist jeder der drei versucht, den anderen die Wahrheit zu sagen, doch keiner bringt es über sich. Schließlich drehen sie sich um und gehen davon. Der besondere Augenblick ist verflogen, und die Wahrheit wird wohl für immer verschwiegen werden.
In seinem Büro schüttelt Kommissar Regert verwundert den Kopf.
Was für eine seltsame Hausgemeinschaft!

Ich habe vor, dich vor den Kopf zu stoßen

Ich habe vor, dich vor den Kopf zu stoßen, Marcus.
Das Sichere ist, dass ich zu wissen glaube, was du denkst.
Über mich, die ganzen Situationen und Konstellationen.
Ich habe vorsichtig geschaut. In deinen Augen hab ich naive Sätze gelesen.
Geschickt zusammengezimmerte Welten.
Du bist ein offenes Buch, mein Freund.
Natürlich denkst du, du hättest eine Taktik (offensiv). Aber ich glaube zu wissen, du bluffst.
Ach was, natürlich bluffst du.
Du hast keine Taktik, schließlich bist du doch der, der du bist.
Und der hatte noch nie bestimmte Taktiken oder Strategien.
Ich könnte jedes Mal lachen, wenn ich sehe, wie du meinen Blick suchst und die Augen zusammenkneifst.
Während du versuchst zu entziffern, was in meinen Augen steht, lese ich in deinem Gesicht riesige Lettern, die wie aufgeklebt scheinen.
»Ich habe keine Ahnung!« steht darauf.
Es ist wirklich lächerlich.
Bei dir gibt es keine tiefsinnigeren Gedanken und Emotionen

und bei mir wirst du mal wieder nichts lesen können.
Wie lange dauert es denn noch, bis du endlich kapierst, dass du nichts finden wirst?

Irgendwie tut es mir auch Leid, dass du keine Chance haben wirst. Schließlich startest du jeden Tag tausend Versuche.

Du machst tausend Anläufe. Ich frage stumm, ob du niemals müde wirst.

»He!«, blitzt es in meinen Augen, »wirst du denn nicht auch mal müde?«

Aber du starrst weiter und kneifst weiter und grinst weiter.

Du hast das Aufflackern noch nicht mal unterschwellig wahrgenommen.

Und da bist du eben selber schuld, dass du mir leicht dümmlich vorkommst.

Würdest du nicht immer alles wissen wollen, hätte ich vielleicht mehr erzählt.

Deinem Rücken hätte ich von den Barrikaden berichtet, die ich hinter meiner Netzhaut hochziehe und für die ich nachts Material sammle.

Deinen Augen erzähle ich nichts.

Du weißt noch nicht einmal, wie gefährlich du lebst, denn in den Barrikaden sind unsichtbare Schießscharten. Die Gewehre dahinter sind scharf. Aber das stört dich nicht und das irritiert mich, auch wenn ich das niemals zugeben würde.

Wie ein Irrer rennst du über das Minenfeld.

Bis jetzt hattest du Glück.

Und nun bist du wieder auf der Jagd. Aber meine Augen hoppeln zickzack.

Du lachst so viel und laut. Eigentlich lachst du zu viel und viel zu laut. Ich weiß nicht wieso, aber ich nehme stark an, dass du es nicht besser weißt.

Manchmal grinst du mir so offen ins Gesicht, dass es einfach verrückt ist.

Ich vergleiche dein Gesicht dann mit einer Fratze.
Ich lache auch. Das siehst du ja. Was du nicht weißt, ist, dass ich dann Blitze aus den Scharten schieße.
Jedenfalls ist dein Bild von mir falsch.
Du hast Dinge mit eingewoben, die du meinst ergründet zu haben, du meinst tief gebuddelt und Schätze entdeckt zu haben.
Ich habe eine Nachricht an dich: Du kannst sie wieder eingraben.
Es sind die falschen Schätze.
Das Schlimme ist, dass alle dein Bild von mir abmalen.
Manche sind schlechtere Maler, einige bessere. Aber im Grunde ist jedes Bild noch weiter entfernt von der Wahrheit.
Ich hasse das, wenn ihr das macht.
Ich meine, ich, ich … es macht mir eben was aus. (Es macht mir Angst.)
Das ist wohl dieses ekelhaft warme Ziehen, meine Wirbelsäule hinauf, gleich bedrückend wie der grüne Himmel nachts um zwölf in Schauermärchen.
Du suchst und suchst und da ist immer die Mauer, wahrscheinlich denkst du sogar, du würdest was sehen. Aber da ist NICHTS. Also setzt du an die Stelle der Wahrheit alles, was dir in den Sinn kommt. An den Haaren herbeigezogene, verfälschte Fälschungen. Mit deinen Mitteln malst du das Bild von mir. Mit allen möglichen scheußlichen Farben, mit Schnörkeln und Auswüchsen, mit Entschlackungen und Trotz.
Es ist dein Bild von mir und du hängst es in den Louvre und nennst es meine Persönlichkeit.

Die Fälschungen, die davon im Umlauf sind, sind schon kaum mehr zählbar.
Ich bin auf der Hut. Ich weiß, du kannst in deiner Tölpelhaftigkeit für mich sehr gefährlich werden.
Aber noch kontrolliere *ich* dich. Und ich werde dich vor den Kopf stoßen, wie ich es versprochen habe. Ich warte, dass du zu weit gehst. Lauf von mir aus bis unter den Baum, auf dem ich sitze. Ich werde dich kurieren, dich verwirren, bis du nicht mehr weißt, wozu deine Augen zu gebrauchen sind.
Ich führe dir weder Mauer noch Wahrheit vor.
Ich fange nun an, meine eigene Fälschung zu produzieren. Oh, und nicht nur eine. Tausende und abertausende verschiedener falscher Seelenbilder werden bald auf dem Markt sein. Ich werde dafür sorgen, dass jeder jedes glaubt. Ich werde lachen, wo ich getobt habe, dann wieder betroffen sein oder gleichgültig; ich werde eiskalt Nein sagen statt lauwarm Ja oder Vielleicht, dann werde ich alles zulassen, sogar dich glauben lassen, alles sei möglich und Ostern sei an Weihnachten, dann werde ich dir die Tür vor der lachenden Nase zuschlagen. Ich werde dir den Kopf verdrehen bis zur Orientierungslosigkeit.
Junge, woher nimmst du diese Sicherheit? Ich weiß genau, dass sie es ist, von der du glaubst, das Recht erhalten zu haben, deine Augen auf Schritt und Tritt an mich zu kleben. Ich höre den schmatzenden Laut der Saugnäpfe, wenn ich gehe.
Wie kannst du nur so sicher sein, du hast doch gar keinen Rückhalt?
Oder es ist Dummheit. Das ist immer eine Alternative.
Hinter der Mauer rühre ich Mörtel, ich muss die kleinen Risse kitten, die der Tag mit sich bringt.

Schon wieder glotzt du, mein Gott, hast du denn nichts anderes zu tun?
Dein Blick ist nie anders. Immer dasselbe, du grinst oder lächelst, starrst, kneifst. Alles.
Doch das tust du so oft wie kein anderer.
Und jetzt machst du auch noch den Mund auf. Was soll's? Komm schon. Was hast du denn zu sagen? Was hast *du* zu sagen? Lass hören, ich bin gespannt.
Zumindest ist es nicht viel, was du zu sagen hast.
»Deine Augen sind so, ich weiß nicht – verhangen!«, sagst du.
Deine Stimme ist ungewöhnlich, rau, kehlig, männlich. Sie ist mir noch nie aufgefallen. Wahrscheinlich deshalb, weil du sonst in meiner Gegenwart lieber die Klappe hältst.
Wie kannst du nur so etwas zu mir sagen, was fällt dir eigentlich ein?
Auf jeden Fall habe ich noch nie eine derartige Stille gehört wie nach diesem merkwürdigen (denkwürdigen?) Satz.
Es ist passiert! Du hast es geschafft, meinen Gedankenfluss zu durchbrechen. (Herzlichen Glückwunsch!)
Ich rühre keinen Mörtel mehr. Ich kitte nichts mehr. Regungslos schaue ich zu, wie die Risse sich weiter ziehen und ziehen, höre wie die riesigen Steinbrocken dumpf aufschlagen.

Ich weiß, dass meine Augen überzulaufen drohen. Deshalb beiße ich meine Zähne zusammen, bis ich denke, jetzt werden sie gleich implodieren.

Und dann. Und dann vergesse ich, was ich für diese Mauer bezahlt habe. Wie peinlich viel Kraft. Wie viele blutige Rotzwasserfälle.

Ich vergesse, dass ich ohne ihren Schutz nicht werde überleben können.
Ich tu gar nichts, halte nichts auf, rette nichts, schieße nicht.
Die Barrikaden fallen und ich lasse sie fallen, fallen, fallen.
Durch Geriesel hindurch greift mein verstaubter Blick in deinen verstaubten Blick.
Du hattest auch eine Mauer. Eine Tatsache. Was gibt es da noch zu sagen?
Natürlich eine Überraschung, wahrscheinlich die größte in meinem Leben (wahrscheinlich auch der größte Irrtum, aber das geb ich nicht zu). Eine Tatsache.
Eigentlich ist es nur gerecht. Dann sind wir eben beide nackt.
Langsam legt sich der Staub, und in den kurzen Momenten, als die Wolken die Wunden abdecken, sieht es so aus, als könntest du in einer Sekunde so viel wachsen, dass wir auf gleicher Höhe wären und uns endlich in die Augen schauen könnten.
Dann, vorbei. Kein Staub mehr. Ich will mein Gesicht bedecken, aber meine Hände schämen sich nicht.
Was siehst du wohl jetzt? Ich weiß es nicht, aber ich nehme an, dass es die Wahrheit ist.
Nackt, wahrscheinlich im wahrsten Sinne, der sich diesem Wort jemals bieten wird.
Jetzt Wahrheit und Lüge. Du gehörst zu den Menschen, die beides glauben.
Jetzt musst du entscheiden. Man kann nur hoffen, dass du das Bild zerreißt.
Und ich schaue. Jetzt. Was ich sehe, ist Unordnung, heilloses Durcheinander, übereinander gepurzelte Satzteile, weggeworfene Gedanken, unförmige Silben, verletzende Wortfet-

zen, dahinter versteckt blitzen und blinken wahre menschliche Schätze. Liebenswürdigkeit, Geduld, ich zucke zusammen (ob du das bemerkt hast?), als ich ein Eckchen Scharfsinnigkeit sehe. Aber das hast du wohl selber noch nicht entdeckt. Ich will nicht suchen, aber ich finde. Ungeschliffene Diamanten.

Lasse meine Augen gewähren. Und dann fällt mir wieder ein. Dass ich auch nicht finden will, fällt mir ein. Dass ich keine Lust dazu habe. Ich will mich nicht überzeugen lassen.

Ich kann keine neuen Leben bauen.

Und schon gar nicht will ich deinen Dreck aufräumen!

Es stimmt nicht, dass ich verflucht noch mal nichts zu verlieren habe, denn das habe ich.

Je länger ich starre (meine Augen haben für kurze Zeit meine Anweisungen quittiert), desto unsicherer werde ich. Du siehst mich nackt und schaust nicht weg.

Du *bist* verrückt.

Ich unternehme den Versuch mich loszureißen. Weil die Schnüre, die aus deinen Augen schießen, sich in Seile verwandeln, geht es schwerer als gedacht. Aber ich schaffe es, denn die Verletzung macht dich schwach.

Ich bin frei. Nichts klebt mehr an mir.

Wer Sonnen lächelt, lächelt nicht.

Wer Elefantentränen weint, weint nicht.

Ich habe die Gewehre noch.

Es tut mir Leid.

Svenja Seibold

Zart-Bitter

Wenn Lippen mit kleinen Pfoten über Haut huschen
Libellenlieder singen
Nur für mich
Wenn Seelenfühler in Gedanken tasten
Frostzunge frech versteckte Wunden leckt
Dann schmeckst du
Zart

Wenn Lippenpfoten scharfe Klauen haben
Libellenlieder nur noch Krähenklagen sind
Wenn Streichelfesseln Seelenfühler fangen
Frostzungenlecken Wunden nicht mehr heilen lässt
Dann schmeckst du
Bitter

Du mischst dein Lachen mit den Krähenklagen
Aus schwarzem Weiß und weißem Schwarz wird mildes Grau
Wenn unsere Träume nachts sich still berühren
Und Sinne tanzen vor dem Spiegelglas
Erkenne ich
Du bist
Zart-Bitter

Aline Simon

Die Spinne

Ich saß da. Ohne etwas zu sagen, denn was konnte ich schon sagen? Gut, vielleicht hätte ich noch etwas sagen können, doch wozu? Was hätte das denn geändert? »Ich freue mich für dich«, hatte ich gesagt. Und ich hatte mich in dem Augenblick auch gefreut. Glaubte ich zumindest. Ich hoffte, dass ich so anständig war und mich freuen konnte. Verdammt, ich war es nicht.

»Viel Glück«, hatte ich gesagt. »Das ist wirklich toll.« Ich hatte so verständnisvoll genickt. So wissend, so generös. Als ob ich eine Ahnung davon hätte. Als ob ich es nachvollziehen könnte. Ich hatte nicht die leiseste Ahnung. Aber es kam gut rüber. T. akzeptierte es. Das war die Hauptsache. Warum T. es mir abnahm, wusste ich nicht. Doch – ich wusste es eigentlich schon. T. wollte es glauben. Sie interessierte es nicht, was ich wirklich dachte. Ihr war es egal, denn sie hatte genug mit sich selbst zu tun. T. war unsicher und sie hasste sich dafür. Nein, es war eigentlich kein Hass, Hass zerstört. Es war vielmehr eine Art von Abneigung. T. wusste darum, T. hatte diesen Sachverhalt klar vor Augen. Sie spielte damit, fand es chic, ihr Leid nach außen zu tragen. Zunächst hatte T. dieses Leiden kaum bemerkt, bis ihr Unterbewusstsein es eines Tages erkannte. Es fällte die Entscheidung, sich ihm bewusst hinzugeben, sich ihm offiziell auszuliefern, es in Wahrheit aber zu kontrollieren. Das war es, was T. auszeichnete, diese Kunst,

ihre Depressionen an- und auszuschalten, wie es ihr gefiel. Dabei wirkte sie für Außenstehende so glaubhaft, stets hoffnungslos verstört und labil. Das überzeugte auch IHN.
»Ich habe so große Selbstzweifel«, sagte T. Und wieder hatte ich genickt. Verständnisvoll genickt. Als ob ich es für einen Anflug von Schwermut gehalten hätte. Doch das stimmte nicht. Ich wusste um T.s Spiel, und ich war gewillt, es mitzuspielen. Denn ich verstand es zu gut, als dass ich mich davon hätte abwenden können. Dann beschloss ich, ihr doch zu antworten.
»Wir spielen alle eine Rolle im Leben. Nur wie gut du sie verkörperst ist wichtig. Selbstzweifel hat im Prinzip jeder«, sagte ich zu T. Sie hatte mich schließlich gefragt. Dass es Zeitverschwendung war, wusste ich. Doch T. wusste es nicht. T. sah sich immer noch als Opfer, von Selbstzweifeln geplagt. Dabei kannte, fühlte T. ihre Rolle bereits, spielte sie schon. Und sie war gut – verdammt gut.
Ob ER wusste, was ihm bevorstand? Ob er es ahnte? Kaum, dafür musste man T. schon lange kennen. Ich kannte sie lange, vielleicht zu lange. T. hat eine selbst zerstörerische Anziehungskraft. Sie zieht jeden in ihren Bann. Auch mich. Anfangs spürt niemand diese Kraft, sieht in T. nur ein hilfsbedürftiges Geschöpf, ein faszinierendes Wesen. Ihre Unsicherheit gleicht dem schimmernden Netz einer Spinne. Kaum lässt man sich darauf ein, kaum berührt man es, schon verfängt man sich in den klebrig süßen Fäden. Jegliche Bemühungen, sich daraus zu befreien, führen zu noch tieferen Verstrickungen und die Süße wird unerträglich. Sie umgibt einen vollständig und nimmt die Luft zum Atmen, narkotisiert.
»Meinst du wirklich?« T.s Zweifel klangen so echt, so auf-

richtig. Als ob sie sich gerade tief aus ihrem Herzen gelöst hätten und wie Luftblasen emporgestiegen wären – ohne den süßen Beigeschmack. T. sah mich an. Ich spürte ihren Blick auf mir ruhen: fragend, forschend, unsicher – Besitz ergreifend. Wohl bedacht darauf, mir nicht in die Augen zu sehen. Ich ließ mir mit der Antwort Zeit. Was sollte ich entgegnen? Was wollte ich mit meiner Antwort bezwecken? Sicherheit, Trost? Oder sollte ich selbst zur Spinne werden?
So weit war es also schon gekommen. Sie hatte gewonnen. Sie hatte es geschafft. Für einen Moment glaubte ich ihr. Ich glaubte es tatsächlich. Wollte ich es glauben? Nein, es hatte sich nicht wie ein Wunsch angefühlt, mehr wie eine Gewissheit. Und ich hatte mit dem Gedanken gespielt, es ihr gleichzutun. Nur für den Bruchteil einer Sekunde, für einen einzigen Wimpernschlag – einen Augenblick zu lange.
Ich musste Acht geben, musste es mir stets vor Augen führen. Ich war es, die umgarnt wurde, ganz unmerklich. Die Fäden schmeckten noch angenehm süß.
»Ja«, hatte ich schließlich gesagt. Einfach Ja. Zwei Buchstaben, eine Silbe, ein Flackern in T.s Augen. Ich sah es nicht, spürte es nur. Als ich ihr in die Augen blicken wollte, wandte sie sich ab. Es wirkte zufällig. T. konnte mir noch nie in die Augen sehen, hatte noch nie meinem Blick standgehalten. Die Augen sind der Spiegel der Seele, heißt es, oder so ähnlich. Ich hatte lächeln müssen, innerlich lächeln. T. verstand es, ihre wirkliche Seele zu verbergen.
»Hast du auch Zweifel?« Es klang wie die Frage eines kleinen Kindes. T. kannte die Antwort bereits, denn T. hatte gute Arbeit geleistet. Ihre Saat war schon vor Jahren in mir aufgegangen und trug zu meinem Entsetzen bereits Früchte.

T. spielte die Unsichere, ich *war* die Unsichere. Oder? Oder spielte ich etwa bereits auch die Rolle, die T. mir zugedacht hatte? Ohne es zu merken? Nein, sie war zwar gut, aber so gut nun auch wieder nicht.
»Ja.« Wiederum einfach nur Ja. Wieder nur ein einziges, kleines Wort, wieder ein Flackern auf ihrem Gesicht. Die harten Strahlen der Sonne verzerrten das Flackern ins Bizarre, Groteske. Wieder verbarg sie ihre Augen vor mir.
T. stieß einen wissenden Seufzer aus. Sie hatte mich eingefangen. Ich war dabei, mich bereitwillig in ihrem Netz zu verstricken. Sie wusste das – ich wusste das. Der Wind hatte den Duft der Blumenwiesen erfasst. Nun trug er den letzten spätsommerlichen Gruß der Blüten durch das Fenster zu uns herüber. Ich musste niesen, T. spürte nichts.
»Warum?«, fragte sie. Ich sah sie an, suchte einen Blick in ihre Augen zu erlangen, hoffte darin ihre Absicht zu lesen. Was musste T. nur leiten, mich so bloßzustellen? Wie konnte ein Mensch mich nur so geschickt manipulieren, dass ich mir noch eigenständig vorkam? Ich liebte diese Selbstanalysen, nur so, im Dialog mit mir selbst, konnte ich meine wahren Gedanken ergründen. Und doch – war ich dazu denn nicht mehr fähig? Längst hatte ich versucht, mich dem schädlichen Einfluss von T. zu entziehen. Doch je mehr ich auch trat und strampelte, ich sollte mich nur noch stärker in ihrem Netz verstricken. Je klarer mir das wurde, desto schneller ging es voran. Selbstaufgabe – eine Lösung? Völlige Unwissenheit – die Rettung? Absurd.
Warum hatte ich Selbstzweifel? Wegen dir!, wollte ich schreien, aber ich schwieg. Denn was hätte es für einen Sinn gehabt zu schreien. Außerdem wusste sie es ja doch. Sie

wusste immer, was ich dachte. T. bestimmte, was ich dachte. Nichts war vor ihr sicher, nichts konnte ich vor ihr verbergen. Warum wegen T.? Wegen T.s Spiel? Wegen IHM?

»Es ist ER, nicht wahr?« Ich sprang auf, als hätte mich der Blitz getroffen. Es war passiert, schon wieder passiert. Sie hatte es erneut getan. T. hatte in meinen Gedanken gelesen, gesehen, gespürt, was nicht für sie bestimmt war.

Ich sah sie an. Ja, ich wollte ihre Augen sehen, wollte endlich Sieger sein. Sah auf sie herab, wie ich es lange nicht mehr getan hatte: befehlend, bestimmend, beleidigend. Ich provozierte sie und sie ließ sich provozieren. Eine zweite Spinne war geboren. Zwei Spinnen in ein und demselben Netz. Der süße Geruch nahm zu. Die Sonnenstrahlen hatten an Kraft und Härte verloren. Im sanften Licht sah ich sie neben mir auf der Bettkante sitzen. Die Ader an ihrer Stirn pulsierte, schlug immer heftiger und unbeherrschter.

»Ja.« Zum dritten Mal sagte ich nun schon Ja. Welche Ironie, welch krankhafter Witz lag diesem Wort zugrunde? Das erste Ja hatte dem Gespräch diese Wendung gegeben, das zweite Ja hatte es persönlich gemacht, das dritte Ja verriet mein Innerstes. Ja – allein dieses Wort! So unbedeutend, so achtlos und schnell gesagt, hatte es sich in unserem Gespräch eine Wichtigkeit erobert, die ihm nicht gebührte.

Nein. Dieses Mal hatten sich die Spielregeln geändert. Ich hatte meinen Blick auf sie gerichtet und sie hatte zu gehorchen. So wie ich ihr immer zu gehorchen hatte. Die Puppe erhob sich über den Marionettenspieler. Die Ader pochte immer noch, immer heftiger, und versetzte ihr Gesicht in Bewegung. Es begann. Langsam drehte sie mir ihr Gesicht zu und ich musste gegen die aufsteigende Übelkeit ankämpfen.

Der Gestank war zu stark. Aber die zweite Spinne hielt stand. Sie näherte sich und begann ihr eigenes, klebriges Werk. T.s Gesicht war nun völlig dem meinen zugewandt. Doch noch hielt sie die Augen geschlossen. Ich wollte, dass sie mich ansah. Ich musste sie zwingen, nur so konnte es enden. Die zweite Spinne machte einen Schritt vorwärts.

»ER macht sich nichts aus dir. Es ist sein Beruf, sich um dich zu kümmern. Und du weißt es!« T.s Worte waren wie ein Schlag. Mitten ins Gesicht. Ich hatte es gewusst, hatte es gespürt. Nein, nicht ich, T. hatte es gewusst. Sie hatte mit IHM, dem Fürsorgenden, dem verständnisvollen Arzt gespielt, so wie sie mit mir gespielt hatte. Ich war ihr nur zu langweilig geworden. Langsam drehte sich ihr Kopf wieder in Richtung Tür. Wieder ein Schritt zurück auf dem schwankenden Netz.

»Schau mich an. Schau mich endlich an.« T. stockte in ihrer Bewegung. Ihre Schultern strafften sich, sie war überrascht. Ich spürte es, ich wusste es. Mir war es endlich gelungen, mein geheimster Gedanke war ihr verhüllt geblieben. Und sie drehte sich, wendete sich mir wieder zu. Das Netz schwankte bedrohlich, Fäden begannen zu reißen. Fäden, die mich so lange festgehalten hatten. Dann blickte sie mich an. Endlich. Das Duell begann. Dieser Blick, dieser lange Blick, er würde alles entscheiden. Die Zukunft. Meine Zukunft. T. war nicht länger wichtig. Als T. es zu fühlen begann, wusste ich es schon. Noch ein Faden. Ihr Gestank, ihr betörend süßer Duft, der mir so lange Zeit den Atem geraubt hatte – er wurde zu dem, was er sein sollte: ein Nichts. Die zweite Spinne drang in die Mitte des Spinnennetzes vor, die erste musste weichen.
Ich sah sie an, ich sagte nichts. Aber ich fühlte alles. Ich zwang sie, ihr eigenes Gift zu schlucken, mit dem sie so lange Zeit

meinen Geist durchtränkt hatte. Sie sponn ihren Faden, den Faden, mit dem sie zu entkommen suchte. Zu zierlich für ihren Körper, zu dünn, zu kraftlos. Sie wusste es, ich wusste es.

Er riss, die Spinne fiel. T. klammerte sich an mich, hielt sich verzweifelt an meinen Augen fest. Suchte noch ein letztes Band zwischen uns zu knüpfen. Doch zu spät. Die Spinne war bereits gefallen. Ich spürte, wie Blut durch meinen Körper floss. Ich entschied mich für mich – gegen T. Dann schloss ich die Augen, wandte mich ab.

Stille. Stille in meinem Kopf. Erlösende, befreiende Stille. ICH. Ich war erwacht, ich war, ich war ICH. Der Wind spielte in den langen Vorhängen des Zimmers. Die Schwester machte das Fenster zu. Sie stand vor mir, der Jasmin-Duft ihres Parfüms war süß. Leicht und süß. Ich genoss den Duft, denn in ihm schwang nichts Unheilvolles. Ich wusste, was sie nicht wusste. ER in seinem weißen Kittel würde heute eine Überraschung erleben.

Einen Monat später verließ Corinna Mertz im Alter von 32 Jahren die psychiatrische Anstalt Weigershof. Heute nach neun Jahren setzt sich die zweifache Mutter für eine Anerkennung der Schizophrenie als Krankheit innerhalb der Gesellschaft ein.

Ihren jahrelangen, aber erfolgreichen Kampf gegen die Erkrankung hielt sie in dem Roman »Die Spinne« fest.

SARAH REDLICH

Mausgrau

Eines Morgens wachte sie auf und stellte fest, dass ihr Lachen grau geworden war.
Grau und verschwommen wie die Berge, die in weiter Ferne in die Höhe ragten und das Blau des Himmels an den Rand des Horizonts verbannten.
Grau wie die schaumumspülte Brandung des Ozeans, die brodelnde Masse von sich auftürmenden Gewitterwolken.
Sie versuchte das Grau zu erkennen. Sie nahm es in die Hand, drückte und zog, schmiss es an die Decke und ließ es zu Boden fallen.
Ihre Hände formten und kneteten, aber sie fand das Grau nicht in all seinen Figuren und Formen.
Vorsichtig legte sie das Grau auf den Tisch und betrachtete es lange. Sie sah nichts. Nichts als eine farblose Farbe auf einem blauen Tischtuch.
Sie seufzte. Man würde sie hassen wegen ihres grauen Lachens. Niemand lachte grau. Nie. Niemals.
Sie legte den Kopf schief, musterte das Häufchen graues Lachen vor sich auf dem Tisch, drehte und wendete es, kniff die Augen zusammen und blinzelte so oft mit den Lidern, dass es aussah, als wolle sie mit ihren Augen davonfliegen.
Aber das Grau blieb grau. Mausgrau.
Ihr Seufzen wurde tiefer. Sie würde das Lachen in ihren Nachttisch einsperren müssen, bis sie die Farbe des Graus

erkannt hätte. Denn lachen ohne Farbe … das war wie fliegen ohne Flügel. Ein unmögliches Unterfangen.

Wie langweilig es ohne das Lachen sein würde – grau hin oder her. Aber wie sah es denn aus, wenn einem leuchtend blauen Weinen ein graues Lachen folgte? Nein, das war ganz und gar unmöglich.

Vorsichtig nahm sie ihr Lachen vom Tisch und trug es mit raschen Schritten zum Bett.

Sie versuchte tatsächlich tapfer zu sein. Aber als sie es in die Schublade gleiten ließ, zitterten ihre Hände doch.

»Hab keine Angst«, flüsterte sie ihm leise zu und streichelte es zärtlich, »nicht lange und ich werde dich aus dem Dunkeln befreien.«

Hab Geduld!, dachte sie.

Dann wischte sie sich eine Träne aus dem Augenwinkel und schloss das Lachen im Nachttisch ein. Sein Grau vermischte sich mit den düsteren Gnomen und schwarz-weißen Träumen, die in der Tiefe der Schublade lauerten, und sein Klang wurde bitter und hart.

Sie hörte es nicht.

Sie stand am Fenster und sah nach draußen. Die hellen Farben blendeten sie, denn ihre Augen hatten sich an das Grau des Lachens gewöhnt.

Am Horizont zog sich ein Regenbogen über den Himmel.

Farbenbogen, dachte sie.

Und: Verdammt noch mal!, dachte sie.

Wütend klaubte sie den Farbstreifen vom Himmel und zerknüllte ihn in ihren Händen.

»Farbenmus!«, zischte sie höhnisch.

Und als sie die Hände öffnete … waren sie grau.

Da stand sie und dachte und stand und sah und ein Grinsen schlich sich in ihr Gesicht.
Und als sie die Schublade so heftig aufriss, dass die klein-großen Wesen in die Ecken purzelten und sich lauthals über ihre Grobheit erzürnten, sprang das Lachen heraus wie der Teufel aus seiner Kiste.
Es prallte an die Decke und zerbrach in tausend Scherben. Ein Sturm aus funkelnden Splittern wirbelte durch die Luft, Splitter in allen erdenklichen Farben.

Und sie stand mitten im Auge des Sturms und lachte kunterbunte Sterne.

Kathrin Kimmerle

Eine Welt

Träume schaffen Welten – seien sie noch so schön –
bewundern kann man sie nur durch Glas.
Man steht davor,
lenkt die Situation einer
Welt – ein Garten Eden in Downtown L. A.
Welt – eine Liebe der Flügelwesen, gekettet an den Boden.
Welt – eine heile Welt, die in dir selbst zerbricht.
Welt – ein Unfall, der jemandem das Leben rettet.
Welt – ein Fehler, der jedoch richtig war.
Welt – ein Murmeluniversum, das verspielt wird.
Welt – ungewollte, verschlüsselte Lösungen.
Deine Welt hinter einer Glasscheibe,
eine Bildergalerie der Erinnerungen.
Du verstehst sie ja.
Allein.
Sie gehört dir.

Gabriel Brückner

Weißer Pfau

Der weiße Kleinbus fiel ihm sofort auf. Die Seitenfensterscheiben waren getönt und die Frontscheibe mit einem Sonnenschutz von innen abgedeckt. Der Chrysler stand am Rand des kleinen Parkplatzes. Ein gut gewählter Ort, musste er sich eingestehen. Der Parkplatz gehörte zu einem kleinen Stadthotel, das gerade so nah an der *San Diego Sports Arena* lag, dass es überhaupt niemanden interessieren würde. Mit einer lockeren, aufgesetzten Miene betrat er das Hotel. Die kalte Luft der Klimaanlage strömte ihm entgegen und trocknete ihm die schweißfeuchte Stirn. Der Vorraum war südländisch eingerichtet und ihm kam der Name des Hotels wieder in den Sinn: *The Southern Sun*.

Plastikpalmen und kleine Zimmerbrunnen versuchten das Gefühl zu vermitteln, man sei auf Hawaii. Aber das interessierte ihn im Moment gar nicht. Er suchte nach der Bar.

Nach einem langen Gang und ein paar Stufen stand er vor einem mit Plastikschlangen gesäumten Tor, das den Eingang zu einem kleinen Restaurant darstellte und irgendwo zwischen dem Erdgeschoss und dem ersten Stock lag. Was ihm sehr gelegen kam, war der erhöhte Blick über den kleinen Parkplatz, auf dem der Chrysler unverändert auf jemanden wartete. Seine Tischwahl fiel auf ein kleines wackliges Gestell in einer Ecke, in der der südländische Schimmel schon sehr weit entwickelt war. Eine kleine Cola füllte die Bestellliste des einsamen Kellners. Und gerade als die Cola gebracht wurde, klingelte ein Handy. Erschrocken fiel ein Augenpaar, das zuvor in Richtung des weißen Vans geblickt hatte, auf die Brusttasche, in der das Handy geklingelt hatte. Aber es klingelte nur zweimal und der Handybesitzer konzentrierte sich jetzt noch mehr auf den Kleinbus.

Nach dreiundzwanzig Sekunden ging das vordere Fenster der Fahrerseite einen Spalt breit auf und ein kurzer, glühender Zigarettenstummel fiel auf den trockenen Asphalt des Parkplatzes.

Das war das Zeichen.

Nur noch eine halb ausgetrunkene Cola und drei Dollar erinnerten an den letzten Besucher, der es plötzlich eilig hatte, die Bar zu verlassen. Zwei Minuten später öffnete sich leise die Glasschiebetür des Hotels und ein 32-jähriger, gut aussehender Mann, mit braunen längeren Haaren, Jeans und einem weißen Hemd verließ ganz unauffällig das Hotel, ging auf den Van zu und öffnete die hintere Schiebetür. Ein starker Arm legte sich um seinen Hals und etwas Kaltes wurde an seine Schläfe gedrückt, er wurde in den Wagen gezogen und die Schiebetür hinter ihm geschlossen. Ein Mann mit einer schwarzen Mütze kramte nach dessen Brieftasche und suchte den Pass heraus. Er nickte: »O.k. Rob Marco, Sie sagen mir jetzt ein ganz bestimmtes Wort, das Ihnen mitgeteilt wurde?« Rob nickte: »Weißer Pfau?« Der Mann mit der Mütze war zufrieden und der, der ihn festhielt, ließ los und steckte die Pistole ein. »Ich bin Madon oder auch die ›Libelle‹. Und der da«, er zeigte auf seinen dunkelhaarigen Partner, »das ist Yanniq, er kommt aus Moskau und erhält direkt Anweisung aus Russland.« Als Rob sich umdrehte, blickte er in ein stren-

ges Gesicht mit leicht asiatischen Zügen. Yanniq blickte nur finster zurück, während er seine Pistole einpackte.
»Diesmal darf niemand erfahren, wer den Befehl gegeben hat, weil es sich um etwas viel zu Ernstes handelt, als dass man das Auffliegen unseres Vorhabens riskieren könnte.« Rob nickte kühl und bat um seinen Pass. Madon reichte ihm den Ausweis und die Brieftasche, außerdem legte er noch einen geschlossenen Umschlag mit Robs Namen dazu. »Mach deinen Job gut, sonst gibt's Ärger.« Wieder nickte Rob nur.

Es war sehr heiß und der Flughafen San Francisco war hoffnungslos überfüllt. Rob bahnte sich mühevoll den Weg durch die Menschenmassen. Er hatte seine Gepäckstücke schon geholt und war auf dem Weg zum Taxiparkplatz. Er stieg in ein Taxi und ließ sich zum Hotel fahren, das nahe der Stadtmitte lag. Als er im Hotel ankam, duschte er und zog frische Sachen an.
Am Abend brachte ein Page ein Päckchen, das die Größe eines Trompetenkoffers hatte und ein beträchtliches Gewicht besaß. Als Rob sich schlafen legte, hatte er ein eigenartiges Gefühl. Solche Tage kannte er, es war nicht der erste Auftrag, der ihm ein so hohes Honorar einbrachte, und die Unwissenheit über seinen Auftraggeber dürfte ihn eigentlich auch nicht weiter stören. Trotzdem war das ungute Gefühl am nächsten Morgen nicht vollkommen verschwunden.

Seine ersten Stunden in San Francisco genoss er. Er gönnte sich ein bisschen mehr als sonst und ließ es sich gut gehen. Gegen Mittag machte er sich daran, die Vorbereitungen für seinen Auftrag zu treffen. Er las die Anweisungen auf der

Diskette durch und druckte das Foto der Zielperson aus. Das Bild weckte seltsame Gefühle in ihm, die er aber nicht weiter beachtete.

Außerdem empfing er einen kurzen, unerwünschten Besuch. Madon erschien mit einem Muskel bepackten Schlägertyp, um die Diskette zurückzufordern, die in dem Umschlag war, den Rob im Van erhalten hatte. Er riss die Diskette auf und holte die Speicherfolie heraus. Dann nickte er kurz und ging wieder, gefolgt von seinem Bodyguard. Am Nachmittag waren alle nötigen Vorbereitungen getroffen und Rob bestellte sich ein Taxi, mit dem er in die Nähe des Verwaltungsgebäudes der San Francisco Post fuhr. Es war 16:32 Uhr und er würde dort die Pressekonferenz abwarten, die so gegen 18:00 Uhr beginnen müsste. Neben dem großen verglasten Gebäude stand ein halb fertiges Hochhaus, dessen Gerüst noch aufgebaut war. Rob nahm seinen Koffer, bezahlte das Taxi und steuerte das Baugerüst an. Er ging die kleine Gasse, die an dem Haus entlang verlief, hinunter und kontrollierte einen kleinen, dunkelblauen VW Golf, der in der Gasse stand. Sein Fluchtfahrzeug.

Rob kletterte über die Absperrung und stieg die Leiter zum Gerüst hinauf.

16:49 Uhr.

Er war jetzt auf der fünften Etage und lief langsam an die Front des Hauses. Er öffnete seinen Koffer, holte die schwarzen Lederhandschuhe heraus, streifte sie über seine Hände, dann zog er eine alte Decke aus dem Koffer und hängte sie so über das Geländer, dass sie einen gewissen Sichtschutz darstellte, und wartete.

17:11 Uhr.

Rob nahm seinen Koffer, öffnete ihn und nahm den Schaumstoffschutz herunter.
Darunter lag es. Sein Präzisionsgewehr.
Langsam und gekonnt schraubte er die einzelnen Teile zusammen. Und setzte am Schluss das Zielfernrohr darauf.
17:22 Uhr.
Der Platz vor dem Verwaltungsgebäude füllte sich langsam und Rob fand seine Zielperson schneller als erwartet. Yaindo Kondhi. Eine kleine, unbedeutende Reporterin, die etwas entdeckt hatte, was nicht für ihre Augen bestimmt war, aber das Ausmaß ihrer Entdeckung noch nicht ahnte. Rob betrachtete wieder das Foto, das ihn zum Opfer führen sollte. Yaindo war eine hübsche Japanerin, die ein gewisses Charisma ausstrahlte. Rob schaute durch sein Zielfernrohr. Die Asiatin unterhielt sich gerade mit einem anderen Reporter, einem bärtigen, dicken Mann, der irgendetwas an ihr kritisierte, und wie wild geworden mit den Händen herumfuchtelte. Rob durchfloss eine Mischung aus Mitleid und Wut. Er konnte sich dieses Gefühl nicht erklären, aber es war eigenartig.
17:34 Uhr.
Es wurde Zeit.
Rob legte ein Auge an das Zielfernrohr und visierte Yaindos Kopf an. Doch plötzlich drehte sie sich und schien direkt in sein Auge zu blicken. Eine Gänsehaut zog sich Robs Rücken hinunter. Ihre Blicke trafen sich, und ihre Augen waren erfüllt von einem so mitleidigen Verständnis, dass sich Robs Herz zusammenzog. Seine Schusshand zitterte und er schwitzte. Rob hatte das Gefühl, dieser Augenblick würde Stunden dauern, aber nach wenigen Sekunden war alles vorbei. Er schoss.

Sarah Redlich

Worte

Ich höre, wie sich die Worte aus meinem Mund zwängen.
Ich sehe sie, wie sie mit ihren kleinen Flügelchen herumflattern und Purzelbäume schlagen.
Die Freiheit gibt ihnen Flügel, nicht mein Verstand.
Obwohl sie Teil meiner Zunge sind, gehören sie nicht mir.
Sie spiegeln sich nicht in meinen Augen und nicht in den Tränen auf meiner Wange.
Einmal auf der Flucht fassen meine Hände ins Nichts,
was bleibt ist ihr Atem auf meiner Haut.
Sie sind Kämpfer, Seraphine mit blanken Schwertern,
die sich Jubel schreiend auf mein Gegenüber stürzen.
Ihr Hass fällt auf mich zurück.
Ich bin ihre Mutter und habe sie doch nie geboren.

Wieso sagst du das?, fragst du mich.
Ich kann dir nicht antworten.
Meine Freiheit sendet ihre Boten, nicht mein Herz.
Du siehst mich an mit deinen traurigen Augen …
Ich wünschte, du könntest verstehen.
Manchmal würde ich lieber auf meine Freiheit verzichten,
um dich nicht zu verletzen.

Bianca Nell

Die Zeichnerin

»Es ist hässlich!«, rief sie aus. »Ganz und gar unansehnlich!«
Sie erhob sich vor Ungeduld und Wut brodelnd von ihrem Stuhl, der durch ihre kraftvolle Bewegung auf seinen kleinen, grauen Rollen davonglitt.
Sie fluchte leise, hob ihre kalte Hand und legte sie über ihre müden Augen,
dann warf sie einen erneuten Blick auf das Bild, das ausgebreitet auf dem Schreibtisch vor ihr lag.
»Es ist nicht gut«, murmelte sie, »es ist einfach nicht gut!«
Sie trat einen Schritt näher an das Bild heran und betrachtete es aufmerksam. Dann stellte sie das Bild,
das auf einer Arbeitsplatte aufgespannt war,
rasch an der Wand auf, trat zurück und betrachtete es aus der Ferne, um den Gesamteindruck auf sich wirken zu lassen.
Doch noch immer war es hässlich, es wirkte leblos und uninteressant auf den Betrachter. Die gezeichneten Personen, schienen nicht an ihre zugedachten
Positionen zu gehören. Ihre Augen wirkten trübe und blickten
ihrer Schöpferin anklagend ins Gesicht.
Sie trat zurück an das Bild und legte es wieder auf den Tisch.
Nochmals warf sie prüfende Blicke darauf und dachte nach.
Sie versuchte, sich all ihr Wissen über das Gestalten von Bildern zurück ins Gedächtnis zu rufen, doch ihre Gedanken

wanderten lediglich im Kreis und wollten
ihr nicht weiterhelfen.
Das Bild schien immer hässlicher zu werden.
Die Strichstärke ist zu breit, sicherlich ist es das, sagte sie sich,
griff hastig zu ihren Stiften und erschrak, als der verchromte Spitzer aus ihrer verkrampften Hand glitt und auf dem grauen Boden aufschlug. Der Deckel löste sich und rollte davon; der Inhalt des Spitzergehäuses, völlig überfüllt, schien zu explodieren und besprenkelte den
dünnen, grauen Teppich mit bunten Tupfen in allen Farben.
Ihre blassen, blauen Augen starrten auf die kleine, bunte Insel aus Farben, doch keine Regung durchzuckte das weiße Gesicht.
Hastig wandte sie ihren Blick in eine andere Richtung und kehrte dem bunten Spektakel den Rücken.
Sie sah aus dem Fenster, sah den Regentropfen zu, die gegen das Glas schlugen, und dachte wie so oft daran, den Job zu wechseln, alles aufzugeben und hinter sich zu lassen.
Immer stärker wogte der Wunsch in ihr auf und steigerte sich
immer weiter, bis er fast unerträglich war; ihr Blick fiel zurück
auf das Bild und sie verspürte nichts als die in ihr tobende Wut. Sie sprang auf und riss das Bild von der Arbeitsplatte, um
es zu zerdrücken und zerknüllen, mit aller Kraft und Erbarmungslosigkeit, die ihre schmalen, kleinen Hände aufbringen konnten.

Sie sah auf die Uhr und erhob sich, müde und kraftlos
plötzlich,
und wandte sich zur Garderobe.
Ihr Schuhwerk fuhr durch die bunten Spitzerabfälle,
doch sie
beachtete es kaum.
Sollte doch die Putzfrau sich darum kümmern.
Sollte es doch ein anderer machen.

Als es dämmerte, warf sie ihren Mantel um die schmalen und
eingefallenen Schultern,
trat durch die dicke, gläserne Eingangstür der namhaften
Designerfirma ins Freie und spannte ihren Schirm auf.
Ein zartes Lächeln trat auf ihr Gesicht, als sie in der
wogenden
und murmelnden Menschenmasse verschwand.

Victoria Macha

Ozeane trennen

Wir sitzen da, schauen uns in die Augen.
Was ist das? Diese Stille zwischen uns? Ruhe oder Kampf?
Deine Augen sind so ausdruckslos.
Bist du hier?
Was klaut dich mir?
Sie schauen durch mich hindurch, als wäre ich aus Glas.
Das bin ich nicht. Ich bin hier! Vor dir!

Unsere Gesichter sind ganz nah.
Kaum eine Hand breit als Graben.
Und doch bist du fern. Fern, so fern.
Wo bist du?
Ich kann dich spüren. Deine Wärme. Deine Anwesenheit.
Ich kann dich riechen. Der Geruch nach Regen.
Nach Zigaretten.
Ich kann dich sehen. Deine Haare sind nass.

Deine blauen Augen starren in die Unendlichkeit.
Wir sind so nah. So fern.
Eine Handbreit wird zum Ozean.
Warum sagst du nichts? Warum sage ich nichts?

Diese Stille! Sie schlägt Wellen. Sind sie ruhig? Sind sie wild?
Ich kann dich nicht mehr sehen. Du bist zu fern.
Deine Hülle ist da. Du bist weg. Wo bist du?

Ich kenne dich. Jeden Zentimeter deines Gesichts.
Ich kenne dich. Deine Wünsche und Träume.
Wir haben geredet.
Oft stundenlang.
Die Worte sind unsere Brücken.
Und jetzt schweigen wir. Die Worte sind weg.
Ein Ozean trennt uns. Keine Brücken mehr.

Du bewegst dich nicht. Starrst nur ins Leere.
Deine Augen zeigen keine Regung.
Augen als Fenster zur Seele. Die Fenster sind dreckig.
Früher haben wir sie gemeinsam geputzt. Mit Worten.
Jetzt herrscht Stille.
Können die Fenster wieder sauber werden?
Ich weiß es nicht.
Sag was! Wisch den Schmutz fort!

Die Mauern müssen weg. Aber wie?
Sie sind so hoch.
Ich bin ich und du bist du. Daraus bestehen sie.
Sie zerstören heißt sich zu vereinen. Du wirst ich und ich werde du.
Versink im Ozean. Gib dich auf. Verlier dich selbst.
Bist du dann noch du?
Der Ozean verschlingt dich. Die Mauer bleibt stehen.

Keine Worte.
Dafür Erkennen.
Mauern sind Schutz. Schutz vor mir. Schutz vor dir.
Ich bin nicht du. Ich will es nicht sein.

Deine Augen sagen nichts. Starren ins Leere.
Ich kenne dich, Fremder. Denke ich.
Deine Hülle bist du. Und was ist dahinter?

Die Fenster sind dreckig. Die Handbreit zu weit.
Worte bilden bloß morsche Brücken.
Du bist so fern und doch so nah.
Eine Handbreit ist ein Ozean.
Ich brauche dich. Schau mich doch an!
Meine Seele schreit nach dir.
Wir sind beide allein. Menschen sind niemals vereint.
Dann lass uns gemeinsam einsam sein.

Svenja Seibold

Flieg, kleiner Engel!

Sie steht vor seinem Bett. Schaut auf ihn herab. Er schläft. Seine tiefen Atemzüge strömen sanft durch die Wohnung. Sonst ist alles still. Clowns und Elefanten spielen zwischen seinen Haaren. Sie scheinen ihr zuzublinzeln. *Komm, spiel mit!* Aber sie darf nicht spielen. Sie muss aufpassen. Das hat Hannah gesagt. Gib auf ihn Acht. Ich bin bald wieder da. Jetzt ist Hannah schon seit Stunden weg.
Plötzlich ist der Atem nicht mehr sanft. Er gurgelt, reißt die Augen auf. Ist wach. Er starrt sie aus seinen mondgroßen Augen an. Verstimmt. Es ist das falsche Gesicht, das sich da über ihn beugt. Und plötzliche Wut verzerrt den Mund.
Sie kann es genau mitverfolgen, die einzelnen Schritte seines Zorns. Wie er zuerst die Lippen vorstülpt, dann den Mund verzieht, die Stirn runzelt, die Augen zusammenkneift …
Ein prustendes Schnaufen, als müsse er kräftig Luft holen für DEN Schrei.
Dann schreit er.

Sie nimmt eines der weichen Stoffkissen, in allen Regenbogenfarben kugeln sie über das Bett.
Das Kissen hat einmal ihr gehört, es ist groß und leuchtet gelb. Ein lachendes Gesicht ist darauf gemalt. Der Sandmann hat ihr einmal ein Stück Sonne in den Bezug gesteckt. Damals, als sie so krank war.

Er schreit noch immer. Zaghaft gibt sie dem Mobile über seinem Bett einen Schubs. Er soll hinschauen. Aber er schreit einfach weiter. Sie hält sich die Ohren zu.

Damals hat ihr das Mobile gehört, das jetzt über seinem Bett hängt, der dicke blaue Hase mit den Knopfaugen und dem Stickmund hat auch ihr gehört – und natürlich Hannah.
Nachts hat sie zwischen Hannahs Herzen geschlafen. Frauen haben zwei Herzen, Männer nur eins. So ist das.
Hannahs Herzen sind groß, ganz weiß und von kleinen Sprenkeln übersät. Sie mag das heute nicht mehr, wenn man nach ihren Herzen greift.
Falsch, er darf das. Wenn er das macht, lacht Hannah – und Jan lacht auch.
Man hat ihr einmal ungeduldig erklärt, dass die Herzen Brüste sind, in denen die Milch für die Babys ist. Trotzdem sagt sie in Gedanken immer noch Herzen, weil sie sich dann überlegen fühlen kann.

Sie riecht seinen Geruch. Vertraut, süßlich, nach Puder und Babycreme.
Und er hat in die Hosen gemacht. Angeekelt verlässt sie das Zimmer. Aber sein Schreien rennt ihr nach und quetscht sich unter geschlossenen Türen durch.

Damals war Hannah nie ungeduldig. Sie haben so viele Spiele gespielt. Und die Geschichten, die Hannah erzählt hat. Nur für sie!
Immer die gleiche Geschichte wollte sie hören. Warum sie nicht auch einen Papa hat. Hannah ist dann ganz still gewor-

den. *Dein Papa ist ein böser Zauberer gewesen. Aber als er dein unschuldiges Gesichtchen sah, da wurde er so traurig über seine eigene Bösartigkeit, dass er sich selbst weggezaubert hat. Jetzt gibt es ihn nicht mehr.*
Und was ist mit mir, bin ich auch böse? Kann ich auch zaubern?
Dann hat Hannah ihr sanft über das schwarze Haar gestrichen. *Du hast Feenhaar. Genau wie ich. Wir sind Feenkinder. Das schützt uns vor jedem Unglück.*

Sie ist wieder an sein Bett zurückgekehrt, wo ihr Platz ist, bis Hannah zurückkommt.
Er hat ganz blondes Haar, genau wie Jan. Wie Stroh und es lockt sich. Mein kleiner Engel, sagt Hannah immer.
Seine Stimme wird leiser, er weint. Vielleicht geht ihm die Puste aus?

Sie weiß nicht mehr richtig, wann Hannah aufgehört hat ein Feenkind zu sein. Sie fing an sich zu verkleiden (als sie mit den roten Wachskreiden und Farbpinseln aus dem Spiegelschränkchen im Bad ein Bild malte, war Hannah furchtbar böse) und ging abends weg.
Und dann kam Jan. Jan mit dem blonden Haar. Jan mit den großen Händen und dem kleinen Lachen. Seine Süßigkeiten vergrub sie im Garten.
Jede Nacht betet sie, ihr Vater solle sich wieder herzaubern und sie retten. Manchmal ist sie genauso böse wie er. Wenn sie abends an der Schlafzimmertür horcht.
So erfuhr sie auch, dass sie getauscht werden soll.

Ich möchte ein Kind, Hannah. – Wir haben ein Kind. – Ein eigenes. Unser Kind. Deins und meins.
Von da an war sie auf der Hut.

Sein Weinen steigert sich zu wütendem Kreischen. Der Lärm klopft in ihrem Kopf.

Und dann kam Hannah und sagte, sie würde ein Geschwisterchen bekommen und dass sie sich auch kräftig freuen solle.
Hannah hat sich wochenlang im dunklen Schlafzimmer eingesperrt. Nach dem Essen musste sie immer aufs Klo. Und sie war oft bei der Nachbarin.
Und das Baby wurde immer größer. Sie war sich sicher, dass es Hannah auffressen würde, um in ihr Platz zu haben. Trotzdem wurde Hannah immer dicker. Sie hatte schon Angst, der Bauch könnte platzen.
Das sollte eine Freude sein?
Dann kam er. *Was für ein süßer, kleiner Engel!*
Er war so hässlich mit seinem gelb verfärbten Gesicht. Und er schrie den ganzen Tag.
Er schrie, wenn er Hunger hatte, die Hosen voll waren, ihm langweilig war – und ganz bestimmt auch, um sie zu ärgern.
Wie jetzt gerade.
Kaum zu glauben, dass in einem so kleinen Körper so eine laute Stimme steckt. Sicher gibt es nicht mehr viel anderes in seinem Bauch. Ein schrilles Heulen, Jaulen. Wie der grässliche Nachbarshund.

Sei doch still. Sei einmal brav und gib Ruhe! Aber er brüllt nur noch lauter, ballt die Hände zu Fäusten und schlägt damit auf die Decke, strampelt mit den Füßen. Der Kopf läuft rot an

und Speichel tropft ihm aus dem Mund. Wenn doch Hannah ihn so sehen könnte.
Aber Hannah liebt ihn selbst, wenn er heult. Mehr als sie.
Ach, mein kleiner Engel…
Wahrscheinlich würde Hannah sich mit ihm auf die Couch legen und ihn trinken lassen, bis er auf ihr einschlafen würde. Genau zwischen den Herzen. An IHREM Platz!
Sie will ihn hochheben, aber er tritt nach ihr, boxt sie in den Bauch.
Da ist immer noch das Kissen in ihrer Hand …
Sie drückt zu. Bedeckt seinen Zorn. Das lachende Gesicht zuckt und zappelt, beult sich aus. Aber dann entfernt sich sein Geschrei, wird immer leiser …
Bis es wieder still ist in der Wohnung.
Paradiesisch.
Flieg, kleiner Engel, flieg, denkt sie und das Kissen lächelt.

KATHRIN KIMMERLE

Landschaft

Wir traten in die Landschaft hinaus, hörten in der Stille nur unsere Atemzüge. Der Wind blies heulend durch die Baumwipfel. »Spürst du die Landschaft?«, fragte ich. Einatmen. Eiskalte Luft drang durch die Nase in meine Lunge. Ich stockte, es war, als ob lauter kleine Eiszapfen meine Luftröhre hinunterwanderten. Ausatmen. Voranschreitend spürte ich, wie der Schnee knirschend unter mir nachgab, sich dem Profil meines Schuhs anpasste. Die Kälte kletterte pochend von den tauben Füßen hinauf, immer weiter, bis sie im Nacken stechend prickelte. Er atmete ein. Verharrte kurz, um seufzend auszuatmen. Seine Jacke raschelte. »Das spürt sich einsam an«, sprach er leise. Wie recht er doch spürte.

Das Tor zur Welt

Ich sehe die Freiheit. Dort ist sie. Dort draußen.
Ich kann sie riechen.
Ich kann sie hören.
Sie ist so nah, so … greifbar. Und doch ferner als alles andere auf dieser Welt.
Lichtflecken tanzen über die Wand. Sie sind das Abbild der Freiheit. Ein Negativbild dessen, was so unerreichbar scheint.
Wenn ich die Augen schließe, kann ich die Realität für die Dauer einer kleinen Ewigkeit überlisten. Ich kann mir – meinem Verstand und meinem Körper – vorgaukeln zu sein, wo ich nicht bin. DORT!

Der Stahl fühlt sich kalt an in meinen Händen.
Wie dünn und unscheinbar ist das, was mich vom Leben trennt …
Ich blicke durch das Tor zur Welt und kann es doch nicht durchschreiten. Gefangene Freiheit.

Manchmal versuche ich zu glauben, dass es möglich ist, glücklich zu sein – hier drinnen.
Ich versuche mein Denken auszuschalten.

»Dort draußen ist nichts«, sagen sie, »nichts als Angst und Gewalt und Schmerz.«

Wie gerne würde ich sie anschreien: »Macht die Augen auf!« Ich sage: »Da draußen ist der Gesang der Vögel, der Duft nach frischer Erde, die Kühle des Wassers, dort sind die Farben und Formen und Bilder der Welt …«

Sie lachen nur.
»Dort draußen ist der Tod«, sagen sie und schieben mich fort.

Aber wenn ich ihnen in die Augen sehe – denen, die hereinkommen und mir von außerhalb berichten – dann sehe ich, dass dort draußen vor allem eins ist:

Freiheit!

Umrahmende Hände
(eine Pflegerin erzählt)

Die alte Frau schreit und ich komme.
Ich ergreife ihre Hände, die sich in der Luft verlaufen haben.
Es tut mir Leid, dass ich keinen Druck spüre.
Ihre schlaffe, sehnige Haut liegt widerstandslos in meinen Händen.
Ich drücke sie trotzdem, während meine Daumen sanft über Länder aus Altersflecken fahren.
Ihr Kopf ist nach hinten gefallen. Ihre Augen suchen und finden nichts mehr.
Finden mich nicht.
Auch wenn sie sofort erschlafft ist, als ich sie berührt habe, schreit sie noch immer.
Ich kenne ihre Worte bereits. Es sind endlose Wiederholungen, die ewigen Reihen verleihen den Silben andere Bedeutungen. Irgendwann denke ich immer, ist wohl die Schallplatte hängen geblieben.
Ihr kleiner, schmaler Vogelmund ist empört verzerrt.
»Oh Josef, oh Josef, oh Josef …«
»Frau Berger«, sage ich, »Frau Berger, wer ist denn der Josef!«
»Oh Josef!«, sagt sie.
Ich freue mich, denn ich weiß, dass sie einen Sohn hat, der Josef heißt.
Vorsichtig lege ich ihre Hände in ihren Schoß.
Sofort zucken sie wieder, verlaufen sich aber nicht mehr.

Von hinten umfasse ich mit beiden Händen ihre schmalen Schultern. Ich weiß, dass sie von Zeit zu Zeit einen Rahmen braucht, denn ich spüre ihr Gefühl, sich zu verformen.
Dankbar steigt sie hinein und hört stotternd zu sprechen auf.
Wenn ich sie berühre, denke ich jedes Mal daran, wer sie ist und war.
Eine gewitzte Bäuerin, eine kluge Frau, energisch und eigenständig.
Eine starke Ehefrau und Mutter.
Jetzt ist sie vierundneunzig und trägt Windeln.

Ich ekle mich nicht vor Sabber in Mundwinkeln, vor Körpersäften des Menschen, Exkrementen und eitrigen Ekzemen, alter, verschrumpelter, hängender Haut.
Ich habe ekelhaftere Dinge erlebt, die unsichtbar in den Menschen wohnten und nicht hinausgetragen wurden.

Svenja Seibold

Immergrün

Ich sitze hier in diesem immergrünen Zimmer: grüne Wände, grüner Teppichboden, grüne Plastikstühle, die sich beängstigend schroff anfühlen. Immergrüne Pflanzen sind oft giftig.
Ein künstlicher Kosmos, der im Vorzimmer das Lebendige zu erhalten scheint. Wie sehen wohl die Räume hinter dieser Tür aus?
Ich glaube, sie sind schmutzig weiß. Dort, wo das Leben sterilisiert wird.

Ich sitze hier – allein – und doch nicht einsam, weil du bei mir bist. DU. Ich wusste früher gar nicht, dass es ein Du gibt. Immer nur ich. Ich! ICH!

Ich habe dich Lazarus getauft. Aber niemand wird dich wecken. Ich könnte das, aber schlafend, da bist du mir lieber. Still, reglos.
Du bist ein Zufallsprodukt, eine Mixtur aus einer Hand voll Genen. Von deinem Vater, deiner Mutter (deren Begegnung schicksalhaft war – zumindest für sie, nicht für ihn, aber für dich).

Ich frage mich, wie du wohl bist. Ob dir die Musik gefällt, die sie hier spielen, die beruhigen soll und mir kalte Hände macht. Fühlst du das auch, dass ich friere?

Aber nein. Du fühlst nichts. Du bist nichts anderes als ein Häufchen elendes Leben, Bakterienkultur auf meinem Nährboden.
Du hast dich gut eingenistet, Wurzeln geschlagen. Wie ein Baum. Einen Baum kann man fällen, die Wurzeln ausgraben.
Aber es bleibt eine Lücke. Das Dazwischen im Dickicht.
Glaub ja nicht, dass du eine leere Stelle in mir hinterlässt, wenn du weggehst!
Obwohl – wie es wohl gewesen wäre …?
Du merkst, für mich bist du nicht real, oder besser – du bist schon fast Vergangenheit.

Ob du dich für Worte interessieren würdest, das herauslesen könntest, was ungesagt bleibt?
Ich glaube, dass deine Stimme ein warmes Glucksen ist. Aber niemand kann dich hören. Außer mir.
Ich werde froh sein, wenn dieses Gefühl, im eigenen Körper nicht mehr allein zu sein, verflogen ist.
Es tut mir Leid (oder vielleicht doch nicht?), dass wir uns so nahe sind und uns doch nie begegnen werden.
Aber deine Kräfte, deine sich ständig teilende Masse, das macht mir Angst. Wenn du nun nicht mehr aufhören würdest, mehr zu werden …
Dann würdest du mich sprengen, wie die Affenbrotbäume den Stern des kleinen Prinzen.

Wenn ich später durch diese Tür gehe, vom Immergrün ins
110 Schmutzigweiß, werde ich nicht zögern. Ganz bestimmt nicht. – Ganz und gar nicht!
Das Ende wird ein sanftes Vergessen sein.

Die Türklinke bewegt sich. Langsam, zögernd, als wollte man uns nicht stören.
Nur zu!
Worauf wartet ihr noch?
Stört uns doch, ich bitte darum!
Ergreift endlich die Initiative!

Brauchen wir eine Beruhigungsspritze? Die kleine, mausgraue Sprechstundenhilfe hat danach gefragt. Bin ich etwa nicht ruhig? Ich bin doch vollkommen gelassen! Das ist meine Entscheidung, dass ich dich nicht lieben kann, weil dein Wachstum mich schrumpfen lässt … Ich weiß, ein zweites Mal wird die Tür mir keinen Aufschub geben. Wenn sie aufschnappt, wird sie mich schlucken.

Mein Lieblingswort als Kind war Graupelschauer. Ich konnte stundenlang hinter Glas sitzen und den Tropfentierchen zuschauen, wie sie die Scheibe hinunterkrabbelten, dabei immer dieses Wort vor mich hin murmelnd: Graupelschauer, Graupelschauer, Schaupelgrauer, Gaupelschrauer …
Manchmal habe ich mich gefragt, was wohl dein erstes Wort sein würde …

Es ist so weit.

Das Knarren der Tür möchte sanft klingen, so wie hier jedes Geräusch in flauschig weiche Watte gepackt ist. Aber es gelingt nicht.
Ein kriechender Ton, Missklang in sanft wogender Musik.
Jetzt würde ich gerne noch sitzen bleiben und dem plätschern-

den Cembalo aus dem Lautsprecher lauschen. Aber sie warten nicht. Sie haben keine Zeit für die Gespräche zwischen einer Mutter und dem unbekannten Sohn (du bist ein Sohn – und wärst deinem Vater zu ähnlich).

Findest du nicht auch, dass die Türklinke einen interessanten Schwung hat? Irgendwie barock. Und das Sonnenlicht, wie es zwischen den bleichen grünen Jalousien hereindrängt, dem Immergrün ein bisschen Rot zu geben.
Draußen lachen Kinder.
Draußen lebt man.

Aber worauf warten wir noch. Es ist alles gesagt. Alles klar zwischen uns. Du gehst, ich bleibe.
Es ist gut, dass niemand mehr fragt, was ich will. Das Schaukeln hat ein Ende.

Jemand schiebt die Tür weiter auf. Gazemaske, Gummischuhe, Hände mit Kunststoffhaut.
Immer wieder Grün.
Man gibt den Blick frei auf den Flur.

Und er ist gelb.

Also kein Schmutzigweiß. Ein starkes, loderndes Gelb. Und dick wie eine Süßspeise. Zitronencreme.
Ich werde dir Sonnenblumen pflanzen. Und wenn die Kerne leise zwischen den Zähnen knacken, werde ich denken, es sei dein bröckelndes Lachen.

Ich stehe auf, verlasse die Umarmung meines immergrünen Stuhls. Vor mir der gelbe Flur.
Jemand schaltet die Deckenbeleuchtung ein.
Das Licht – es ist – schmutzig weiß.
Also doch.

Sarah Redlich

Venusfalle

Ringellocken.
Ein ganzer Kopf voll.
Kleine, rostrote Locken.
»Weich wie Samt«, sagte er immer.
Sie reichten nun schon fast bis zur Taille.
Sie war stolz auf ihre Locken.
»Feenhaare«, scherzte die Mutter.
»Ein Geschenk der Götter«, lachte der Vater.
»Daraus könnte man prima Pinsel machen!« Die Tür fällt ins Schloss. Schon wieder entwischt. Aber irgendwann kriegt sie ihn doch. So sind eben Brüder.

Ihr Kopf lag in seinem Schoß. Er roch so gut. Sie vergrub ihre Nase in seinem Hemd. Seine Finger verfingen sich in ihren Haaren. Venusfalle.
»Nass sind sie am schönsten«, flüsterte er und wickelte Ringellocken um seine Finger.

Ein leerer Spiegel. Ein leerer Blick.
Und rostrote Schlangen winden sich über den Boden.

Getextet haben ...

BRAITH, Melanie (Jennifer)

Geburtstag: 19. Dezember 1987

Hobbys: Lesen und selbst schreiben natürlich ;-), aber auch Pfadfinder und Tischtennis. In meiner Freizeit lese ich viel und schreibe als freie Mitarbeiterin für eine Zeitung. Mein größter Traum ist es, nach der Schule Journalistin zu werden.

Was ich über alles hasse: Sonntags spazieren gehen zu müssen.

Meine kleinen Sünden: Ganz schlimm – ich kann von Süßigkeiten und Schokolade nicht genug bekommen.

Ausgehen würde ich gerne mal mit: Stephen King, weil ich glaube, dass er ein wirklich interessanter Mensch und ein super Autor ist.

Lieblingsoutfit: Eigentlich gibt's da kein besonderes.

Das beste Buch: »Der Herr der Ringe«, »Das Museum der gestohlenen Erinnerung«, »Dreizehn«.

Guter Autor: Da gibt es viele! Zum Beispiel Stephen King, Wolfgang Hohlbein, Ralf Isau, J.R.R. Tolkien, John Grisham, Sydney Sheldon, Mary Higgins-Clark, Ken Follet.

Welchen Spruch ich nicht mehr hören kann: »Das tut mir sorry!« (Schreckliche deutsch-englische Mischung!)

Eine kleine Lebensweisheit: Beinahe alles im Leben hat einen Sinn, man muss nur versuchen ihn zu finden.

Da würde ich gerne mal hinreisen: Auf jeden Fall würde ich

gerne mal nach Schottland fahren, wegen der wunderschönen, geheimnisvollen Landschaft.
Ich kann nicht leben ohne: Tagebücher! Ich muss einfach immer aufschreiben, was mir durch den Kopf geht.

BRÜCKNER, Gabriel
Geburtstag: 5. Juni 1988
Hobbys: Tennis, Fußball, Tischtennis, in die Stadt gehen, PC, Lesen, Geschichten schreiben, Freunde treffen, zeichnen.
Was ich über alles hasse: P!nk, manche Schulfächer, Stress, Marzipan, viel arbeiten.
Meine kleinen Sünden: Zu laut Musik hören, nicht genügend lernen.
Ausgehen würde ich gerne mal mit: Gollum (aus »Herr der Ringe«).
Lieblingsoutfit: Skater-Klamotten.
Das beste Buch: Tad Williams »Otherland«.
Guter Autor: Tad Williams, Hohlbein.
Welchen Spruch ich nicht mehr hören kann: »Würd mir stinken.«
Eine kleine Lebensweisheit: Take it easy!
Da würde ich gerne mal hinreisen: San Francisco.
Ich kann nicht leben ohne: Was zum Lesen, den PC und Sport.

HOLWEG, Iris
Geburtstag: 8. Juli 1986
Hobbys: Reiten, Internet, Tischtennis, Inline-Skaten, Skifahren, Lesen.
Was ich über alles hasse: Gymnastik/Tanz im Sportunterricht, Schuhe kaufen, Vegetarierwitze, Dieter Bohlen, Miss-Sixty-Hosen in Größe 34.
Meine kleinen Sünden: Schokolade.
Ausgehen würde ich gerne mal mit: Brad Pitt … ;-) und G.W. Bush, um ihm meine Meinung zu sagen!
Lieblingsoutfit: Jeans und gestreifte Rollkragenpullover.
Das beste Buch: Gibt so viele gute Bücher … »7 Jahre in Tibet«, »Der Himmel über dem Himalaja«, »Eine Hand zum Anfassen«.
Guter Autor: Gibt's auch wieder so viele … Waris Dirie, Astrid Lindgren, Tonke Dragt, Cynthia Vogt.
Welchen Spruch ich nicht mehr hören kann: »Ihr lernt nicht für die Schule, sondern fürs Leben!«, »Gibt's da auch was von Ratiopharm? – Gute Preise, gute Besserung!« grrrrrrrrrrrrrrrrrrr!
Eine kleine Lebensweisheit: Wir sind nicht verantwortlich für die Vergangenheit, sondern für die Zukunft.
Da würde ich gerne mal hinreisen: Lhasa/Tibet, Australien.
Ich kann nicht leben ohne: Schals, Schokolade.

KIMMERLE, Kathrin
Geburtstag: 22. November 1985
Hobbys: Lesen (was sonst), Tennis, Schwimmen, allgemein Sport.

Was ich über alles hasse: Leute, die mich dumm von der Seite anreden.
Meine kleinen Sünden: Na ja, Schokolade in allen Variationen (Pralinen, Riegel, Tafel, flüssig ...).
Ausgehen würde ich gerne mal mit: Diana Gabaldon, die schreibt dermaßen super.
Lieblingsoutfit: Rock, Stiefel (meine braunen, spitzigen Treter).
Das beste Buch: Die Diana-Gabaldon-Reihe.
Guter Autor: Barbara Wood, Diana Gabaldon (wer hätte es gedacht).
Welchen Spruch ich nicht mehr hören kann: Weich wie?
Eine kleine Lebensweisheit: You never get the second chance to make the first impress!
Da würde ich gerne mal hinreisen: Wieder Irland!
Ich kann nicht leben ohne: Meinen Bären!

MACHA, Victoria
Geburtstag: 25. September 1984
Hobbys: Lesen, schreiben, Dudelsack spielen, Musik hören, Taekwondo, Filme schauen, Internet surfen und alles tun, was mir so einfällt.
Was ich über alles hasse: Wenn ich zu faul bin, irgendwas zu tun und es deshalb aufschiebe, obwohl ich weiß, dass ich nicht drum rumkomm.
Meine kleinen Sünden: Faulheit! Außerdem kann ich manchmal echt schlecht gelaunt sein. Ich kann meine Hände nicht von Süßem lassen und bin cappuccinosüchtig.
Ausgehen würde ich gerne mal mit: Hm ... da gibt es viele

Leute, die ich toll finde … Marilyn Manson, Robbie Williams, Tolkien, Marx, Richelieu … kann mich einfach nicht entscheiden (noch so eine Schwäche von mir).

Lieblingsoutfit: Hauptsache bequem und warm.

Das beste Buch: »Das Wunschspiel«, »Der König von Assur«, »Herr der Ringe«, »Kizuna« …

Guter Autor: Meine absolute Favoritin ist Anne Rice. Robin Hobb, Jutta Ahrens und Tolkien sind aber auch nicht übel. Es gibt so viele gute Autoren (kann mich schon wieder nicht entscheiden …).

Welchen Spruch ich nicht mehr hören kann: »Jetzt stell dich nicht so an!« (Manchmal will man sich halt anstellen und bedauert werden …).

Eine kleine Lebensweisheit: Versuch an allem Spaß zu haben und sei immer du selbst.

Da würde ich gerne mal hinreisen: Schottland, Island, Afrika, Südamerika, Japan, New Orleans … eigentlich möchte ich überall mal hin.

Ich kann nicht leben ohne: Bücher, Bücher und Bücher. Und Musik und Sonnenschein.

NELL, Bianca

Geburtstag: 17. Juni 1983

Hobbys: Natürlich Lesen und Schreiben (welche Überraschung!). Ich zeichne gern, vor allem Mangas, und arbeite als Sanitäterin beim Roten Kreuz mit.

Was ich über alles hasse: Bei Regen in die Schule radeln … und eingefrorene Autoscheiben im Winter :(.

Meine kleinen Sünden: Weihnachtskekse …

Ausgehen würde ich gerne mal mit: Kennen lernen würde ich gerne mal ein paar bestimmte Autoren oder Schauspieler, einfach aus Neugierde, was für Menschen das sind.
Lieblingsoutfit: Kein bestimmtes, mag meine Sachen alle gern.
Das beste Buch: Das beste Buch gibt es nicht, da gibt es viele! Zurzeit lese ich »Narziß und Goldmund« von Hermann Hesse. Hesses Sprache ist einfach wunderschön.
Guter Autor: Michael Ende und Joanne K. Rowling, weil sie so fantasievoll schreiben. John Grisham und Wolfgang Hohlbein, weil ihre Bücher so spannend sind. Hermann Hesse und Franz Kafka, weil sie einen so beneidenswerten Schreib- und Sprachstil haben … und viele andere mehr.
Welchen Spruch ich nicht mehr hören kann: Bestimmte Werbesprüche im Fernsehen, die auch noch dauernd wiederholt werden! Besonders nervtötend: »Ich bin doch nicht blöd!« und »Geiz ist geil!«. Die laufen ewig und überall!
Eine kleine Lebensweisheit: Wir übersehen zu oft das kleine Glück um uns, weil wir ständig nach größerem Glück streben.
Da würde ich gerne mal hinreisen: Nach Japan, um die japanische Kultur und den japanischen Alltag selbst mal kennen zu lernen, das muss sehr interessant sein … Und nach Irland oder Schottland würde ich auch gern mal reisen.
Ich kann nicht leben ohne: Meinen Schatz :) !

REDLICH, Sarah

Leseratte, Pinselkleckser, Kohlekratzer, Bleistiftkauer. Tauch- und schwimmverrückt. All-Wetter-Mottorad- und Fahrradfahrer.

Geburtstag: 19. Dezember 1984

Hobbys: Tja, wo soll ich anfangen. Lesen, zeichnen, lesen, schreiben, lesen, schwimmen, lesen, am Baggersee braten, lesen, träumen, lesen, rennen, lesen und lesen und ...

Was ich über alles hasse: Schneeregen und Klausuren herausbekommen. Ach ja, und Schuhe.

Meine kleinen Sünden: Wow, um die aufzuzählen, müsste ich schon ein Buch schreiben.

Ausgehen würde ich gerne mal mit: Allen, mit denen man sich gut unterhalten kann und deren Interessen nicht nur bei einer Kiste Bier, Fußball und den neusten Modetrends liegen.

Lieblingsoutfit: Im Sommer – so wenig wie möglich, im Winter – dicke Pullis, dicke Schals.

Das beste Buch: Unmöglich zu beantworten. Dazu liebe ich alle Bücher viel zu sehr. Zu den besten gehören allerdings »Die Mitte der Welt« (Andreas Steinhöfel), »Der Vulkan« (Klaus Mann), »Sonette« (William Shakespeare), »Orlando« (Virginia Woolf), »Dich schlafen sehen« (Anne-Sophie Brasme) und viele, viele, viele andere.

Guter Autor: Autoren, in meinem Fall. Dazu siehe oben. Außerdem Oscar Wilde, Arthur Rimbaud, Ken Follett etc.

Welchen Spruch ich nicht mehr hören kann: »Was machst du nach der Schule?" Leute, um es ein letztes Mal zu sagen: ICH HABE KEINEN BLASSEN SCHIMMER!!!

Eine kleine Lebensweisheit: »Eine Rose ist eine Rose ist eine Rose.« (Gertrude Stein)

Da würde ich gerne mal hinreisen: Überallhin, einmal um die ganze Welt und wieder zurück.

Ich kann nicht leben ohne: Ein Blatt Papier und einen Bleistift und ganz, ganz viel azurblaues Wasser.

SCHMIDT, Tatjana
Geburtstag: 23. April 1988
Hobbys: Babysitting, Freunde besuchen, Kino, Filme, leeeeesen, Chor, Klavier, einkaufen, schwimmen …
Was ich über alles hasse: –
Meine kleinen Sünden: Schokolaaaaaaaaaaaaaaaaaaaade!
Ausgehen würde ich gerne mal mit: Susan Sarandon und Tim Robbins, Laura Innes, Jodie Foster und Lauren Bacall.
Lieblingsoutfit: Oh, ich erfind mich jeden Tag neu.
Das beste Buch: »Die Mitte der Welt« von Andreas Steinhöfel und Katharine Hepburn: »Ich«.
Guter Autor: Agatha Christie und Astrid Lindgren.
Welchen Spruch ich nicht mehr hören kann: –
Eine kleine Lebensweisheit: »One is as one does.«(K.H.)
Da würde ich gerne mal hinreisen: New York, Argentinien, Irland, China, Australien.
Ich kann nicht leben ohne: –

SEIBOLD, Svenja
Geburtstag: 5. April 1985
Hobbys: Natürlich alles, was mit Literatur zu tun hat, reiten, Musik hören, reisen (gern in den Norden), Kino, mein Hund Angie …
Was ich über alles hasse: Überhebliche Leute, Spinat, Techno.
Meine kleinen Sünden: Ich bin ein kleines Schleckermaul, vor allem süß *grins*.

Ausgehen würde ich gerne mal mit: Jetzt weil's ein sexy Typ ist oder weil der interessant ist? Hm, also ich würde vielleicht gern mal mit Brad Pitt ausgehen – *grins* –, weil der echt so

klasse aussieht (keine Ahnung, ob der jetzt wirklich nett ist) und mit Grönemeyer würd ich mich echt gern mal unterhalten. Der ist irgendwie ein krasser Typ.
Lieblingsoutfit: Ich mag eigentlich alle Klamotten, die in meinem Schrank hängen, sonst hätte ich sie ja nicht gekauft. Ich hab gern die Kombination Jeans und Pulli an (v. a. jetzt im Winter), im Sommer auch mal gern einen Mini. Ganz wichtig: Alle Hosen haben Schlag!
Das beste Buch: »Die weinende Susannah« von Alona Kimhi.
Guter Autor: Henning Mankell.
Welchen Spruch ich nicht mehr hören kann: »Ohne Witz, Mann.« Grrrrrrrr!
Eine kleine Lebensweisheit: Das Leben so ernst wie nötig und so leicht wie möglich zu nehmen …
Da würde ich gerne mal hinreisen: Nach Grönland und dann mit dem Hundeschlitten fahren und Polarlichter beobachten …
Ich kann nicht leben ohne: Tiere und Natur um mich herum.

SIMON, Aline
Geburtstag: 25. November 1986
Hobbys: E-Gitarre, lesen (wenn ich dazu komme), Musik, schreiben, Fotografie, faulenzen, Freunde.
Was ich über alles hasse: Wenn mich jemand übertrieben nachahmt.
Meine kleinen Sünden: Ich brauche immer mehr Zeit als ich einplane. Daher komme ich oft etwas zu spät, was mir dann aber jedes Mal unglaublich Leid tut. Außerdem bin ich »etwas ;-)« unordentlich.

Ausgehen würde ich gerne mal mit: ... das sollte dann doch mein Geheimnis bleiben *grins*. Aber ich würde mich gern einmal mit Steven King oder Tolkien unterhalten und sie fragen, woher sie all ihre Ideen nehmen bzw. nahmen.

Lieblingsoutfit: Ein olives, enges T-Shirt + dunkelbraune Cordhose + Stiefel. Jaa ... und dann gibt es natürlich noch diesen alten Kuschelpullover, den jeder hat und den jeder lieber verschweigen würde ;-).

Das beste Buch: Ganz klar: »Herr der Ringe«, ist einfach ein Muss.

Guter Autor: dementsprechend Tolkien, Federica de Cesco, Stephen King, Patrick Dunne und Patrick Süßkind, der das ungewöhnlichste Buch geschrieben hat, das ich je gelesen habe.

Welchen Spruch ich nicht mehr hören kann: *(Eltern:)* »Was die anderen machen, ist mir ganz egal. Wenn die von einer Brücke springen, springst du dann auch?«

Eine kleine Lebensweisheit: Sobald man nicht mehr über sich selbst lachen kann, stimmt etwas nicht.

Da würde ich gerne mal hinreisen: Ich möchte unbedingt nach Neuseeland. Die Weite und Vielseitigkeit des Landes fasziniert mich. Außerdem will ich mal nach Kanada und Island.

Ich kann nicht leben ohne: zu essen und zu trinken, zumindest nicht auf Dauer ... meine Gitarre und ein Telefon.

Nachbetrachtung

Imre Török

Braucht's zum Schreiben Handwerk oder Genialität?

Wer kann literarisches Schreiben lernen? Und wer es lehren? Solche Fragen bewegten mich, nachdem ich mich für das Experiment bereit erklärt hatte, mit zehn jungen Teilnehmern aus verschiedenen Schulen für eine Woche in eine »Schreibklausur« auf Schloss Achberg zu gehen.

Bis in unsere Tage gehen die Ansichten darüber weit auseinander, ob und wie kreatives Schreiben zu vermitteln sei.
Während in den USA schriftstellerische Kreativität (das so genannte *Creative Writing*) regelrecht zur College-Ausbildung gehört, und zum Teil von namhaften Schriftstellern unterrichtet wird, werden in Deutschland zwar Künstler wie Komponisten, Maler, Filmemacher ausgebildet, doch Schriftsteller so gut wie überhaupt nicht.
Dichten hält man hierzulande oft für ein individuelles Anliegen, eine Sache besonderen Talents. Ist man nur als Genie zum Schriftsteller berufen und sollte sonst die Finger von der Feder respektive PC-Tastatur lassen? Schreibwerkstätten – oh Graus?

Für Aristoteles und zahlreiche nachfolgende Gelehrte war Dichtung nach vorgegebenen Regeln erlernbar. Goethe glaubte an die Genialität dichterischen Schaffens, die von Regeln eingeschränkt werde. Schließen sich diese Positionen aus?

Friedrich Hölderlin – einer meiner »Lieblingsdichter«, sage ich bei Schullesungen ganz ehrlich, wenn ich nach Autorenvorlieben gefragt werde –, dieser geniale Zeitgenosse Goethes, formulierte in seiner Ästhetik: »*Der modernen Poesie fehlt es aber besonders an der Schule und am Handwerksmäßigen, dass nämlich ihre Verfahrungsart berechnet und gelehrt, und wenn sie gelernt ist, in der Ausübung immer zuverlässig wiederholt werden kann.*«

Ich beginne die Schreibwoche natürlich nicht mit Gelehrtentheorien. Aber nur amüsante Schreibspiele zu machen, brächte den Teilnehmern zu wenig.

Eine Grundlage für die Vermittlung des kreativen Schreibens müssen meine eigenen Erfahrungen als Schriftsteller sein, die Arbeit an meinen Geschichten und Büchern. Und ich will ebenso herausfinden: Wo kann ich die Jugendlichen abholen? Wie weit fordere ich sie? Wie fördere ich sie am besten?

Es wird ein Spagat zwischen Hölderlin und Stephen King. Wobei Kings Buch »Das Leben und das Schreiben« durchaus eine Menge nützlicher Anregungen bietet. Ich vermittele im späteren Verlauf der Woche zwar einiges an Theorie des Schreibprozesses, im Vordergrund steht – in dem Alter der Schülerinnen und Schüler auf jeden Fall – die Praxis. Schlummert nicht etwas Kreativität in jedem Menschen?

Die Übungen und die anfängliche Gruppenarbeit gehen allmählich in die individuelle Beschäftigung mit entstehenden Geschichten über. Allgemeine Regeln und Individualität spazieren Hand in Hand, ergänzen sich. Beiden Seiten gilt mein Augenmerk. Und indem ich sowohl mit meinem »Unterricht« als auch in der Freizeit persönlich auf die Teilnehmer eingehe, nehmen auch sie bereitwillig Ideen und Vorschläge von mir an. Es wird kein Unterrichten im üblichen Sinne, sondern eine persönliche Begegnung zwischen Lernwilligen und ihrem Anreger. Umgeben vom alten, dicken Schlossgemäuer oder auf Spaziergängen zwischen sanften Hügeln.
Es kommt auf fantasievolle Übungen und Aufgaben an. Die finde ich selten in Büchern, bereite sie stets der Situation angemessen neu vor. Meine Methode seit zwei Jahrzehnten, bei Kunstwochen, in Schreibwerkstätten, in Literaturhäusern. Doch Achberg, eine Woche lang Tag und Nacht mit jugendlichen Schreiblehrlingen zusammen, stellt eine ungewöhnliche Herausforderung dar.

Trotz ausführlicher Vorbereitung: Nichts liegt fertig und gefestigt vor. Jeder Abschnitt und Schritt des »Unterrichts« wird für den nächsten Tag neu den Gegebenheiten angepasst. Ich lebe sozusagen mit den kreativen Prozessen der Schüler mit. Ob Naturbeobachtung, Spannungserzeugung, die Geheimnisse des Schlosses, in dem wir schreiben, alle Themen entwickeln sich. Kreisen und vibrieren um uns. Die Ideen sind im Fluss. Und fließen schließlich aufs Papier.
Von Tag zu Tag lösen sich die Schüler von meinen Anregungen immer mehr. Es bleibt in den Texten nur noch ein Rest an Nabelschnur, ihre Verfasser entdecken ihre eigenen Ideen,

ihren eigenen Schreib-Kosmos. Wir sind mit Haut und Haaren bei der Sache.
Das wird mein schönstes Erlebnis dieser Schreibwoche. Als meine Begeisterung allmählich auf die Teilnehmer überspringt. Und vice versa. Es gibt keine normalen Unterrichtszeiten mehr. Auch in der Freizeit nach dem Abendessen wird bei heißer Schokolade weiter gedichtet. Heiße Schokolade avanciert zum Lieblingsgetränk der Woche.
Aber einige schreiben noch nachts um halb drei, besprechen mit mir einzelne Passagen. Am nächsten Morgen schauen mich müde Augen an, doch alle arbeiten voller Elan mit. Sie tun es freiwillig. Von etwas angetrieben, was mit ihrem Schreiben, mit dieser außergewöhnlichen Woche zu tun hat, sie »beseelt«. Am letzten Tag sind wir alle zugetextet, ausgepowert.

Natürlich ist eine »Schreibklausur« für alle eine besondere Situation. Frei von Ablenkungen, Zwängen des Alltags. Eine Startrampe für Fantasieflüge.
Es zählt aber auch zu den Grundvoraussetzungen der Lern- und Lehrbarkeit literarischen Schreibens, gut handwerklich zu vermitteln, wie schwer aller Anfang ist. Dass Kunst ohne Können nicht funktioniert. Und fürs literarische Schreiben das Üben, die Beschäftigung mit Techniken erforderlich ist.
Zuvor jedoch gilt es, Begeisterung zu wecken. Durch faszinierende Ideen die Kreativität zu befördern. Dem Ungewöhnlichen, dem Spannenden, der Neugier, und der Entdeckungslust eine breite Raum-Zeit zu geben. Es ist die Kunst, manches von dem Zauber entstehen zu lassen, der nach Hermann Hesse jedem Anfang innewohnt.